U0491132

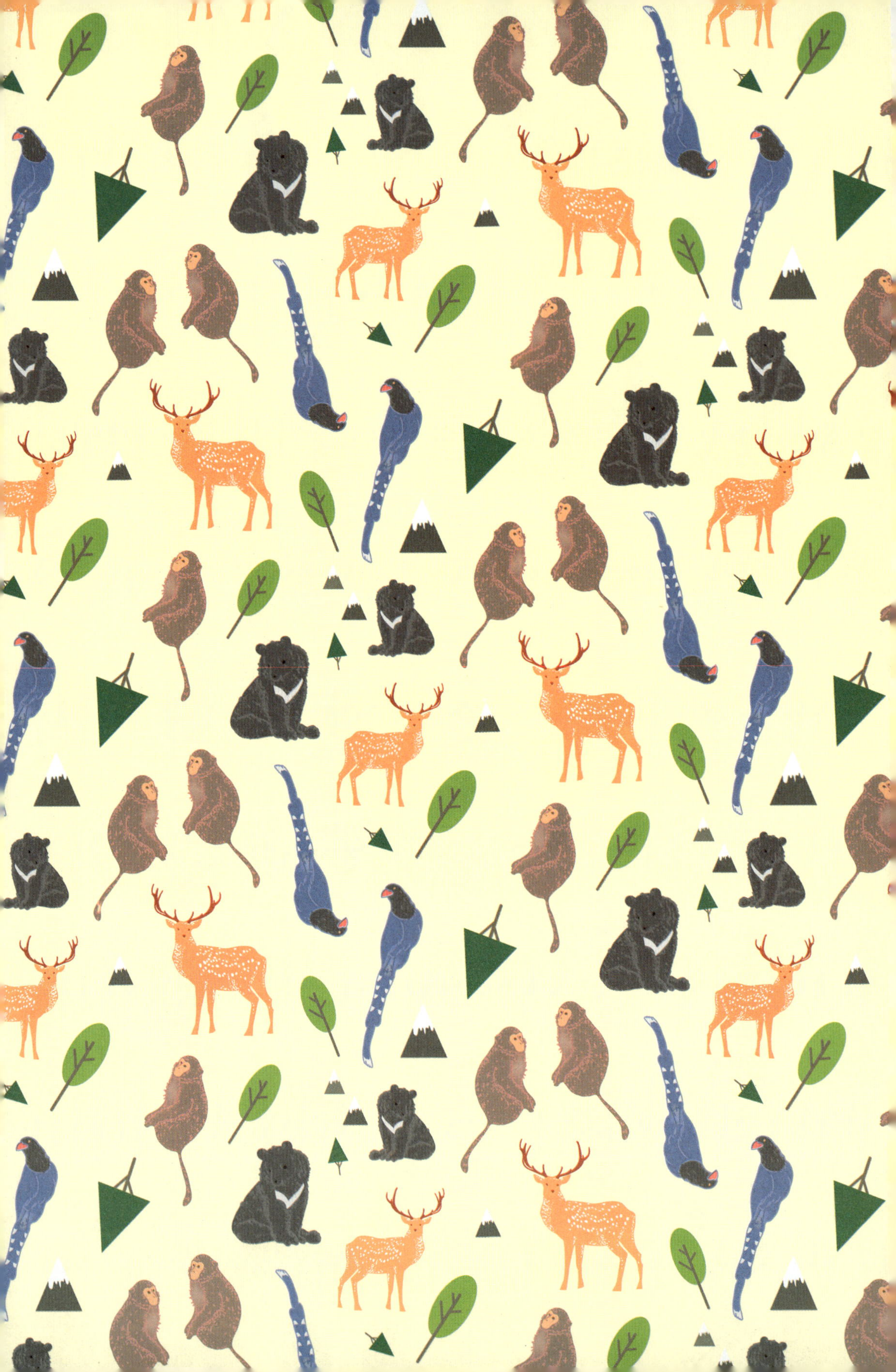

写给孩子的动物文学

Shizi he Xiaogou
狮子和小狗

（俄）列夫·托尔斯泰等 著　韦苇 译

北京时代华文书局

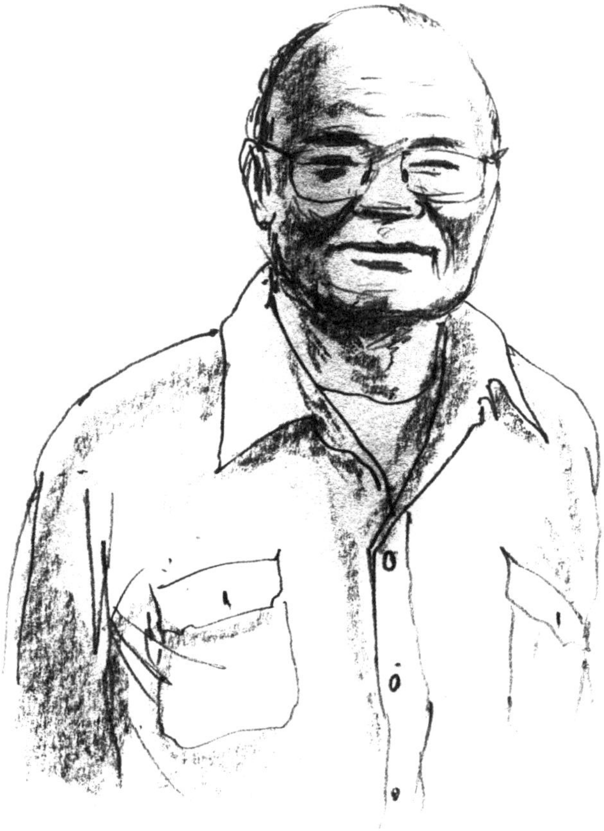

精彩的动物故事 不朽的生命传奇

韦 苇

工业文明和科技文明的发达,给人类自身造成一种错觉,使人们以为人和人的支配欲可以无限制的挥发,可以任意的奢侈。其实,地震和海啸就告诉我们,人和人的意志不是万能的,"人定胜天"不是一个放诸四海而皆准的不易真理。在地震和海啸面前,自以为万能的人和动物一样,抗拒不了更控制不了发生在我们这个星球心脏部位的激情。地震和海啸其实是把人类放在与动物同样的地位上,人类有时候显得更脆弱更无能,甚至动物已经对地震有预感的时候,人类还茫然无所知。这样来认识大自然,我们就会认识到人类的渺小;这样来思考生命,就能够摆脱"人类中心主义"的立场,就能消除人类对动物的傲慢与偏见,就能消除人类在大自然面前的错觉,承认人类并不是地球的主宰者、不是大自然的主宰者,人只不过是地球上一种能用语言思考、表达,从而具有物质和精神创造能力的动物而已。只有当我们认识到,地球是一个人与动物命运与共的大生物圈,地球是人和动植物一起拥有的生存共同体,我们的生态伦理观念才能正确建立起来。这样,我们就会对有些生命意识和生态环境意识特别强的人怀有深深的敬意。所以,大自然文学、动物文学不可能在工业文明、科技文明和城市文明兴起的19世纪以前产生。当动物的生存问题因为工业和城市的迅猛发展而引起关注的时候，当作家对动物生命有新的理解的时候，以动物为本位、为重心的动物文学就应运而生了。动物文学作家只不过是用文学来思考大自然、思考生命的一批人，他们把真实的动物世界用艺术的语言经营成一个个精彩的故事、不朽的生命传奇，打造成文学图书的常青树。

动物文学能给孩子以独特的生命教育，从而有助于孩子的健康成长。

儿童从动物文学的形象中获得审美感动，与动物文学里的形象发生共鸣，与此同时，孩子会认识到，动物是一种与人类不同的生命存在，它们的行为可以促使孩子对人类的行为进行反观和反思，促使孩子审察人类自私本性的后果，从而克服人类的骄横和偏见。孩子在受到生命教育的同时，他们的人格也就能够在更宏阔、更丰盈的背景上得到健康的发展。

伟大的大自然文学作家米·普里什文的创作理念，就明显超越了环境保护和动物保护层面上的意义：他的作品激励读者去亲近大地母亲，去和大地和谐相处，去恢复与大自然的良好关系，去关注每一株草、每一棵树、每一种禽鸟野兽、每一座山峦、每一条河流。米·普里什文对大自然的理解，同常人很不一样，他说："我们和整个世界都有血缘关系，我们现在要以亲人般关注的热情来恢复这种血缘关系。"所以他语重心长地说："鱼儿需要清洁的水——我们要保护好我们的水源。森林里、草原上、山峦间，那里有种类繁多的动物——我们要保护好我们的森林、草原和山峦。""给鱼以最好的水，给鸟以最好的空气，给禽鸟野兽以最好的森林、草原、山峦。人总得有自己的祖邦，而保护好了大自然，就意味着保护好了自己的祖邦。"

高大的松树、清澈的湖泊、连绵的山峦、飞跃的松鼠、胆怯的小鹿，以及空气中扑面而来的脂香和果香，使得人的心灵能有一种与天地融为一体的感觉，可以获得从未有过的惬意和满足。

飞过天空的野鸭有无形的价值，出没于山间的灰熊有无形的价值；野外的声音、气味和记忆都有无形的价值。此刻，向森林走去，纵然只是向城市中央公园的绿洲走去，去看看鸟们筑在枝丫间的窝巢，我们感觉我们是去朝圣——心灵的朝圣。

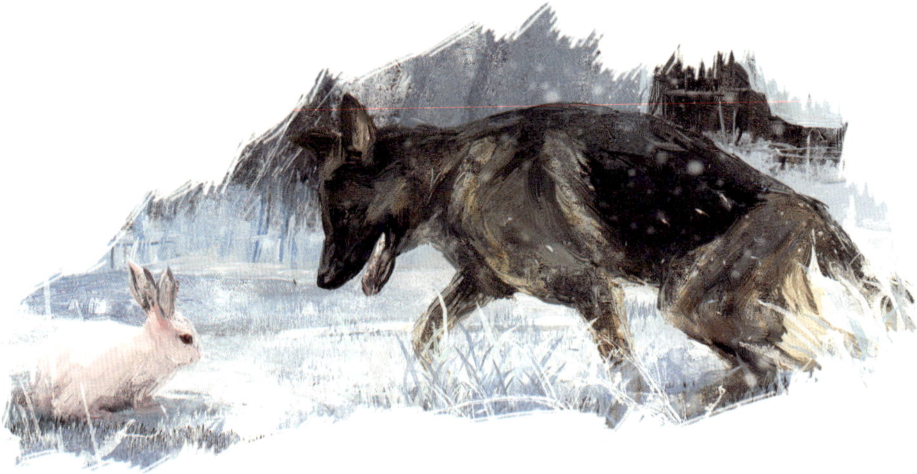

目 录 | CONTENTS

我的狗朋友莱依_〔俄罗斯〕维·比安基　　　　　　　　　　001

雪野寻踪_〔俄罗斯〕维·比安基　　　　　　　　　　　　　023

夜遇偷狗贼_〔俄罗斯〕维·比安基　　　　　　　　　　　　035

狗认小兔做养子_〔俄罗斯〕维·比安基　　　　　　　　　　047

狮子和小狗_〔俄国〕列夫·托尔斯泰　　　　　　　　　　　055

叶列姆卡和小野兔_〔俄罗斯〕德·马明－西比里亚克　　　　058

外 家 仔_〔俄罗斯〕韦·恰蒲丽娜　　　　　　　　　　　　079

狼养大的狗_〔俄罗斯〕韦·恰蒲丽娜　　　　　　　　　　　085

狼崽阿尔果_〔俄罗斯〕韦·恰蒲丽娜　　　　　　　　　　　099

好奇心是寻觅、探求、发现、创造的动力源。用动物文学来培养你的好奇心!

——韦苇

我的狗朋友莱依

〔俄罗斯〕维·比安基

我最初看到莱依，以为那是一条狼呢。它差不多同狼一样高大，两只耳朵支棱着，毛色也是灰的，就跟狼没两样。所不同的是，莱依的尾巴总是高高卷在背上，弯成个圈儿。那时我小，还不知道只有西伯利亚莱卡种的名狗才有这样卷成圈儿的尾巴，而狼的尾巴是沉甸甸往下拖垂的。

奶奶告诉我，莱依有狼的血脉：它的父母都是西伯利亚莱卡种狗，不过它的爷爷却是一条地道的狼。后来，奶奶讲给我听，莱依是多么聪明、多么忠实又多么善良——莱依是我们的好朋友。不论外出狩猎还是守家，莱依都好得不能再好了。奶奶一五一十，把它的身世全告诉了我。

第一章 我父亲怎样选中了莱依

我父亲是西伯利亚人，一生以狩猎为生。

那是冬季里的一天，他正在西伯利亚的茫茫原始森林里行走，忽然听得有人在密林里呻吟。父亲寻声向矮树林里走去，走近一看，只见雪地上躺着一头驼鹿，已经死了。矮树林后面，有一个人在那里挣扎，拼命想爬起来，却怎么也起不来，就不住声地在那里痛苦地哀吟。

父亲从地上抱起那人，背进自己的小木屋里。他把那伤势很重的人留在自己家里。我父亲和我奶奶照料他，直到伤完全好了。

那人是西伯利亚的曼西族捕兽人。曼西人都长得个头高大，鼻梁中段凸起，个个都是好样儿的猎手，对于飞禽走兽的种种习性了如指掌。但是这个曼西人却因为犯了点急性子毛病，一时沉不住气，差点儿丧了性命。

那一天，这个曼西人打伤了一头驼鹿。驼鹿倒地后，四腿痉挛，浑身哆嗦，一阵抽搐过后，就不动弹了。曼西人没留意到驼鹿的耳朵是紧贴在脑后的，就向它走过去。万没想到，驼鹿竟突然蹿跳起来，伸开前腿猛踢了他一脚，踢得他从矮树丛上面飞过去，扑哧一下像个木头桩子似的掉在了雪地上。这驼鹿腿脚力道还真大，就这一下，踢断了他的两根肋骨！

这个曼西人叫希陀尔卡。他伤好后，就跟父亲告别，离开了。他道别时说："你救了我一命，我该怎么报答你呢？这样吧，一个月后，你到我家来，我家里有一条跟狼混血的莱卡种狗。它很快就要下崽了。我把你最中意的一条送给你。你从小养它，它能成为你最忠实的朋友。你也一定会愿意做它的朋友的。你俩在一起，就林中无敌手了。"

过了一个月，父亲到他家去。他的莱卡种狗下了六个崽，眼睛都还没睁开。它们在小木屋的一个角落里蠕蠕爬动着。这六只小狗中，有几只是黑的，有几只是斑斑花的，只有一只是灰颜色的。

"你就自个儿挑吧。"希陀尔卡诚恳地说。

狮子和小狗

说着，他用外套下摆兜起所有的小狗，然后放到门外的雪地上，不过，他故意把小木屋的门洞开着。

那些小狗在雪地上挣扎着，扭动着，转来转去，一个劲儿"依安依安"地尖声叫唤。狗妈妈想跑过去救自己的孩子，然而希陀尔卡紧紧摁住它。狗妈妈只得用狂吠声来把自己的孩子唤过来。

过了不多会儿，一只小狗，就是那只灰色的小家伙，爬到了小木屋的门槛边，随后翻过了门槛。虽然它的眼睛还不会看东西，却还是拖着它的四条小腿，瘸瘸拐拐地向自己的妈妈爬去。

过了好一阵，才有第二只小狗出现在门口，接着第三只，再接着第四只跟在它后面，最后，六只小狗全都回到了狗妈妈身边。狗妈妈舔掉每只小狗身上的雪渣，把它们藏在自己温暖、绒柔的肚子下面。

希陀尔卡关上了木屋门。

"我知道我该选哪一只了——当然，"父亲说，"我要最先回到母亲身边的这一只。"

希陀尔卡把那只灰色的小狗从母狗肚子底下抱出来，奉送给了我父亲。

第二章 教育

我父亲和我奶奶一起，用一个装了奶嘴的瓶子把小狗喂养大。

这只小狗罕见的活泼，甚至有些调皮。它长出牙齿后，就什么都啃，见什么咬什么。但是我父亲对它非常有耐心，他不仅没打过它一下，就连一句不好听的话都没有对它说过。

莱依长大一些后,就开始追村里的鸡和猫,追得它们飞飞跳跳,藏藏躲躲。就是在这样的时候,父亲也不过是吆喝一声:"莱依,回来,回来!"

等莱依回来,父亲就用温柔的语气开导它:"哎呀呀,小莱依,你这样可不好啊!知道吗?你这样可不行哪!"

也就只需要父亲这么点拨一下,聪明的小家伙就明白了。它夹起尾巴,两只眼睛看向一边,显然是很不好意思。

父亲对奶奶说:"可不能对莱卡种狗抬手、抢巴掌、动拳头,连要打它的样子都不能做。主人是它最好的朋友。你只要打它一次,那就全完了,它会恨你的。只能靠劝导来教育它。"

只有追逐雷鸟和松鼠这个嗜好,不管父亲怎么制止,莱依总也改不掉。这是莱依长大后才显现出来的一个习性。

这是莱卡种狗的天性,它们一闻出雷鸟的气味,就要跑去把它撵得飞起来。雷鸟逃到树上以后,就在树枝上走来走去,用自己的鸟语言咒骂和嘲笑莱卡狗。因为狗再有能耐,总也不会爬树。

而一只有教养的莱卡狗则不同,它会蹲下来,眼睛直直盯住雷鸟,汪汪叫个不停,它用这个办法告诉主人:它发现了雷鸟,已经把它追到树上去了。雷鸟这时的注意力全集中在狗身上,猎人悄悄挨近,很容易一枪就把雷鸟给打了下来。

这种见野禽就追、见松鼠就叫的莱卡狗,叫作"小家气狗"。

我父亲却要把莱依训练成专追大野兽的"大家气狗"。而要猎得大野兽,那就得进森林却不为小东西所动心。不然会怎么样呢?不然,猎人进原始

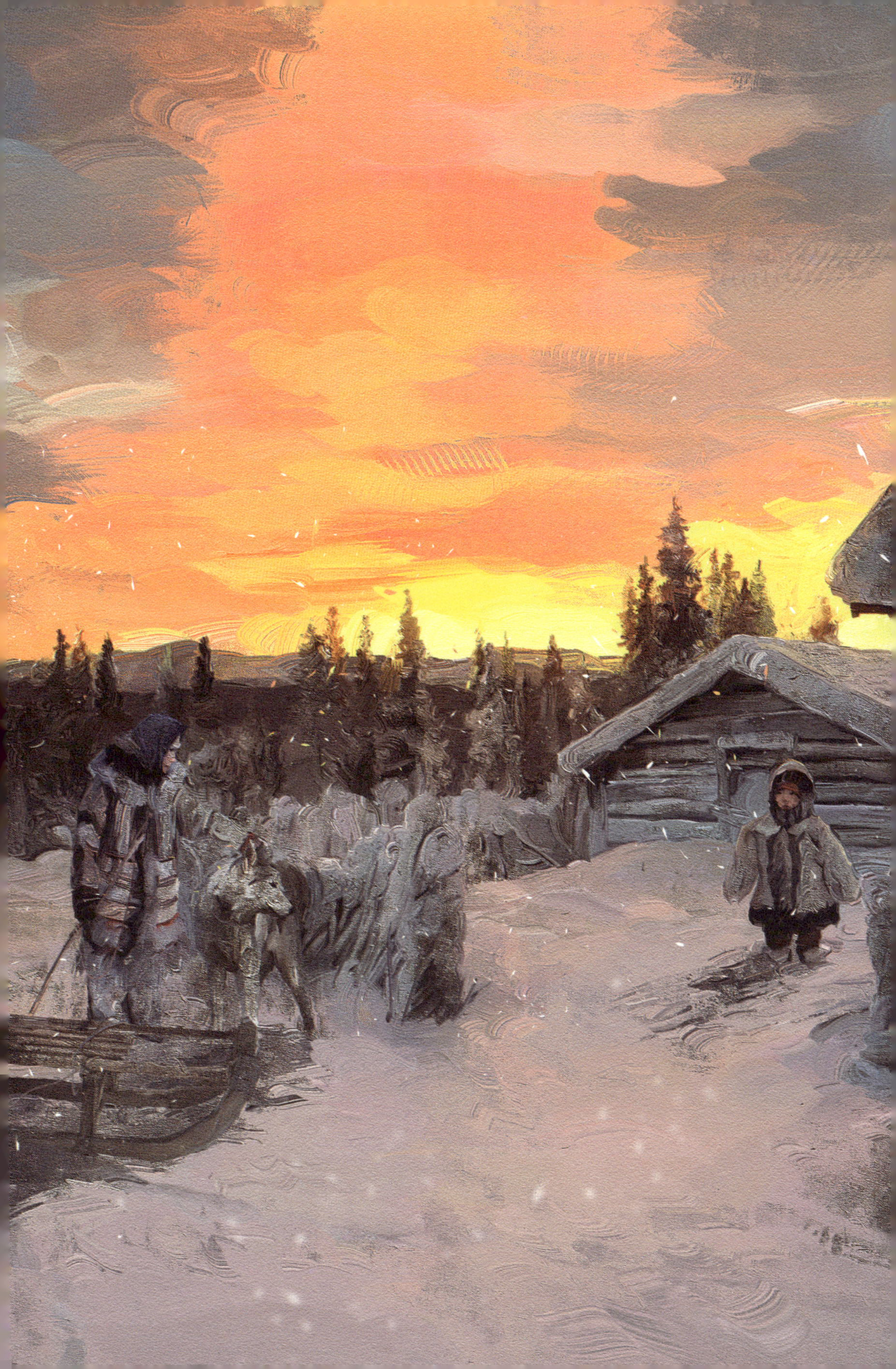

森林里去打驼鹿和狗熊这些大家伙时，到处都会有雷鸟和松鼠出现，狗对着它们汪汪一叫，大野兽就统统都跑得连影子也找不到了。

我奶奶知道我长大以后打算当猎人，所以就把这些都详详细细说给我听，让我牢牢记在心间。奶奶还答应给我买支好猎枪，她说，等攒够了钱就一定给买。

父亲希望莱依有出息，长成一条能猎大兽的好狗。可是莱依现在只要一闻到松鼠或雷鸟的气味，就连拖它往前走都拖不动了。父亲被逼无奈，最后想出这样一个绝招：他去打来一只雷鸟和一只松鼠，全绑到莱依的背上。莱依不管跑到哪里，它都闻得到雷鸟和松鼠的气味，却又不能把它们从背上甩下来。

这绝招实施了不多几天，莱依对雷鸟和松鼠就讨厌了、腻味了，再闻到它们的气味就恶心了。当然，以后再进原始森林，就不会一看见雷鸟和松鼠就去追逐了。

第三章 生死决斗

我父亲这样精心养育了莱依三年，它顺遂父亲的心愿，终于成长为一只很优秀的猎犬。它会带领主人进原始森林追猎大个子野兽，会去拦截逃走的驼鹿，还会从北方野鹿群里挑拣着撵出一两只北地鹿来，驱赶它们向主人这边跑。它的力气非常大，又勇猛，又机敏，一次，竟把扑上来的一条大狼给咬死了。

狮子和小狗

这样，父亲就觉得莱依可以被带去猎熊了。

他们不费多大劲儿就找到了熊的踪迹。那只大家伙的大脚巨爪，在雨后湿润的地面上留下一串小坑，仿佛是人工挖出来似的，看一眼就让人害怕。莱依竖起全身的毛——似乎也有所畏惧。不过它还是勇敢地冲向前去，不多一会儿，就追上了那只摇摆着身子走进山里去的大熊。

莱依对它的猎物下嘴非常狠。父亲就眼见莱依一口咬住了熊的大腿——那被人叫作"裤子"的肉柱子。当熊冷不防回过头来企图给它一巴掌时，它唰一下机敏地跳向一旁，让熊掌击了个空。

熊想继续往前走的时候，莱依又扑上去，再次发起了进攻。

父亲赶忙追上前去对熊开了一枪，但是，惊慌中子弹没有打中猛兽的要害。受了轻伤的熊，盛怒之下向父亲迅猛飞扑过来。父亲没来得及开第二枪，就让熊一掌击落了他手中的枪！父亲立刻手脚朝天，被那凶兽沉重的躯体压在了身下。

父亲想着，这下准没命了。

哪晓得熊忽然伸起两只前爪，从他身上摔了出去。

趁这一刻，我父亲赶忙跳起身来。

莱依死死咬住熊的耳朵，吊挂在熊的肩背上。

世上再不会有第二只狗，能这样凭单个的力量和勇气击败一只生性凶恶又力大无穷的熊了。连最勇敢的西伯利亚莱卡种狗，一般也只敢从后头攻击这样的猛兽。

父亲迅速捡起掉落在地上的枪，在熊没来得及咬死莱依之前开枪，打中了熊的要害。

写给孩子的动物文学

熊砰咚一声倒在了地上，死了。

当年曼西族人说过的话，现在果真被事实证明了：忠实的莱依在千钧一发的危急关头，救了我父亲一命——当然，我父亲也救过莱依一命。

第四章 奶奶痛失我父亲

也就在那一年，我父亲不在世了。莱依也救不了他。

那天，父亲到森林里去砍树。风刮得猛极了，奶奶说，简直就是暴风。父亲砍倒的树没有朝他估计的方向倒。他躲闪不及，被大树的树干压在了树下，活活被压死了，是奶奶亲眼看见的。

奶奶亲手把父亲从倒地的树下拖出来，埋在了树林里。奶奶就这样成了孤零零一个人。那时我还很小，不在奶奶身边。

森林包围着我们家的木屋。冬季来临了，河水结上了冰，奶奶不能乘小船渡河到对岸去找吃的。步行去找有人烟的地方，根本办不到。而父亲搭在自己猎区里的小屋里，已经没有多少存粮了。

本来，奶奶自己也会使枪打猎，冬天去找兽肉来充饥，但父亲的猎枪被那棵该死的大树压得断成了几截了。

该怎样度过漫长的冬季啊？奶奶犯难了。

正这时，一个不知从哪儿来的猎人来到了奶奶的小木屋里。

奶奶见了他，自然喜出望外，接着恳求他说："你能在我们最困难的时候来看我，你的心肠好。你把我带出这森林吧，我会感激你一辈子的！"

那人回答说："这好办，大娘，我可以带你出去。你可得把你的狗送给我。"

他说的就是莱依，说的是把莱依送给他。当时，莱依的出众已经遐迩闻名。大家都知道莱依是一条罕见的好猎狗。方圆数百里，没有人没听说过莱依的，虽然他们都没见过它。

写给孩子的动物文学

奶奶一听,这来者不善哪,就不由得皱起了眉头,说:"哦,那不行。我这狗可不能给别人。它曾经是我死去的儿子的忠实朋友,现在是我唯一可以依靠的伙伴。你要别的什么我都能给你,而我自己的朋友是不能给人的。"

可猎人就死缠着要莱依。

"大娘,你年纪大了,还能怎么着呢?迟早,这狗得归我,迟给不如早给。"那人说。

"你是看着我有难处,就死乞白赖要我的狗。"奶奶说,"既然你是这样一副心肠,那咱们就什么也不用说了。我为难是我为难,也不求你了。"

那猎人生气了。

"不管你怎么说,今天我就要把狗带走!"那人板下了脸。

"你倒是试试!"奶奶说着,随手抄起身边的一把斧头。

那家伙吓坏了,转身灰溜溜走了。

奶奶后来对我说:"咱们是西伯利亚的哥萨克,咱们的骨头块块都是硬的!"

西伯利亚哥萨克是西伯利亚哥萨克,可肚子还得吃东西呀。这茫茫大森林里,到处是大树、沼泽和山峦,连日连夜的暴风雪,积雪能深得齐人腰。这里可不是城市的休闲公园啊,到哪儿去弄食物充饥呢?

以前,父亲每打死一头驼鹿或一头熊什么的,就当场收拾了,然后把肉割下一块来装进麻袋里,带回家。剩下的肉、皮就收在森林的小仓库里。

猎人都在森林里散建有这样的小仓库。小仓库全搭在一根光溜溜的圆木上,什么野兽也休想爬上去。冬天冷,兽肉也可以放在这里暂时保存,

狮子和小狗

等需要时再来取用。这是因为狩猎不能保证次次得手,也有一连几天什么也打不着的。

父亲告诉过奶奶,他在森林里有三处装得满满的小仓库。那里面有驼鹿肉、北地鹿肉,还有熊肉。不过,这大森林莽莽一片,哪儿去找父亲的小仓库呢?

奶奶想了好久,终于想出了个好主意。

她扎上了一条皮腰带,扎得紧紧的,把斧头往腰间一插,穿上滑雪板,拖上一辆雪橇,对莱依说:"走,莱依!今儿个就指望你了。你在前头跑,把我带到你主人放猎物的地方去,猎物收在哪里,你能找到的!"

莱依晃了晃尾巴,撒腿奔进了森林。它跑一阵,回头瞧瞧奶奶是不是跟在它后面。

莱依确实聪明,它把奶奶带到了一个小仓库跟前。奶奶把父亲存放在里头的兽肉全都运回家来。

莱依又带上她去看了第二个小仓库。

莱依再带上她去看了第三个小仓库。

就这样,她和莱依吃了一个冬天的兽肉,一天也没饿着。

挨过了冬天,春天来了,河里厚厚的冰都化尽了。奶奶在父亲的小船上铺了几张兽皮,又拿了些行李,乘船顺小河走了六十来公里,最后来到一个村庄。

在那里,她碰上了好心人,村委会给了她一幢小木屋。那时,我母亲在城里读书,我和母亲在一起。奶奶和城里通上消息后,得知我母亲病重,赶忙踏上火车去看她。等奶奶赶到,母亲已经去世了。从此,我和奶奶相依为命。

我们在城外铁路附近的一个村镇里落脚，在那里住了下来。

莱依当然一直都跟我的奶奶在一起。

第五章 莱依成了我的保姆

我没了父亲，又没了母亲，奶奶来把我抱走，那年我还不满四周岁，什么也不懂。奶奶说那时我是个不折不扣的淘气包。她带着我，那日子实在不好过啊！

为了生活，奶奶当然得去找一份工作做。不久，她就去上班了。她不得不把我留在家里，因为附近没有幼儿园。

没人照管我。奶奶把照管我的任务交给了莱依。

奶奶把我叫过去，又把莱依叫过去，让我们都坐在椅子上，说："听好了，莱依，我把这个小伙子托付给你，你得把他看好了。在我上班的时候，你看住他，不许他胡闹，别让他闯祸了。明白吗？"

莱依回答了一声："汪！"

这"汪"一声回答，是认真呢还是随便答应，我不知道。因为这"汪"是它的一个习惯，不论问它什么，它总是响应一声"汪"。

奶奶对我说："听见吗，莱依答应说'好'。它什么都懂。你必须听它的，就像听我的一样。"完了又转身对莱依说，"等我回来了，这个小伙子干了什么顽皮的事，你就来讲给我听。听明白了吗？"

狮子和小狗

莱依还是那声"汪"。

"小伙子"害怕了,乖乖坐着,连动也不敢动——我以为莱依是条狼呢。

"奶奶,"我喃喃说,"我怕……好奶奶,你别把我一个人留下来让它看守!"

"小伙子,你根本用不着怕它,"奶奶皱着眉头说,"莱依是一条很正派、很善良的狗。不信,你摸摸它。"

我拼命缩着我的小手,可奶奶还是拉着我的小手,让我摸了摸莱依的头。

"看出来了吧,只要你乖乖做个好孩子,它就对你好。你跟它在一起玩,你扔给它一根小棍子,它就能给你叼过来……你就是不能顽皮。"奶奶正颜厉色地加重语气说了一句,"你可别以为莱依会为你隐瞒什么,不!它一切都会告诉我的。等我回来,你就知道了,看它是不是什么都会同我讲!"

奶奶出门上班去了。我被关在屋里,独自一个人和这只大灰狼面对面。哎哟!我心里别提有多害怕了!这紧张的心情我一辈子都忘不了。

我坐在椅子上,就像被用螺丝钉拧在椅子上似的,吓得连大气都不敢出——谁晓得这狼在想些什么!

莱依早就从椅子上跳了下去,两脚搭在窗台上,目送着奶奶的背影徐徐离去。

后来,它又来回走动,去看它那个搁在墙角的狗食碗。碗里什么也没有。它忽然朝我走过来。

我吓得在椅子上挺直了身子——它吃不着狗食,来吃我了吧……

我白白担心了——它是走到我身边,把它的头搁在我膝盖上。喔,那个脑袋可真大,重极了。

我一看，它并不是要来吃我，原来它是一条和顺的狼哪。我不害怕了，轻轻把手按在它头上。

它还是依旧那样温顺。

我开始轻轻抚摩它，就像奶奶教我的那样。我越摸越往下，等碰到它的鼻子时，它伸出舌头舔了舔我的小手。

我爬下椅子，看见奶奶正从窗口里望进来，满面带着欣慰的笑。

她用手比划着，叫我打开小窗子。

我爬上窗台，打开了小窗子。奶奶问我："怎么样？这狗不可怕吧？"

"奶奶，一点不可怕的。"

"这就好了，你们一起留家里。我很快就能回来，我工作的地方离家近，午间休息的时候我回来看看你们。"

就这样，我渐渐跟莱依亲近了。不过，当然，在它面前，我从来没干过淘气的事，我担心它真的会向奶奶告我的状。

第六章 狼牙

这样过了些日子，我完全相信它不是狼了。它成了我的一个好朋友。我摸它，推它，揪它的尾巴。我甚至骑到它背上去，让它在屋子里转着跑。它成了我的一匹小马，我天天骑着它玩。它没对我生气，连恼怒的叫声都从没有发出过。

当然，奶奶一不在家，我异想天开的馊主意就一个接一个打心头冒出来。

狮子和小狗

后来，胆子大了，我就去偷奶奶藏在抽柜子里的糖吃，或者偷尝一两匙儿果酱。

我倒是每次都把偷来的美味食品分一半给莱依。譬如，我拿了两块方糖或两块小面包，我总是跟它对半分。莱依也总是我给它什么，它就都吃掉。

完了，我每次都求它："好莱依，你可千万别跟我奶奶说哟。你倒是本来就没关系，可我……你自己知道，奶奶手一伸，我就吃苦头了！"

莱依说"汪"，就是"好的"。

但是，等奶奶下班回来，莱依立刻立起后腿，搭到奶奶肩膀上跟奶奶说悄悄话——不知道说些什么。

其实，莱依跟奶奶不是说悄悄话，不过是伸舌头舔舔她的耳朵，莱依本来就这样迎接奶奶回来的。

奶奶故意让我看在眼里，让我以为是莱依在向她报告什么事情。

于是我总是提心吊胆，怕它说着说着说漏了嘴，把我偷糖偷面包的事儿给说出去。

奶奶用目光环视了一眼屋子，看到一切都没异样，就对我说："呵，不错，好孩子。莱依向我报告，你今天一天都挺好的。"

于是我以为莱依跟我已经是同伙了，我可以不用担心它向奶奶告状了。

有一天，我发现炉子上面的架子上有一盒火柴，奶奶忘了把它收起来。我马上想好一个主意：在屋子中央生上一堆火。

我小时候特别喜欢火，现在都还这样：能在火炉门口一坐就坐上几个钟头，坐着，凝视着炉里燃得旺旺的火焰，黄色的火焰，红色的火焰，它们一会儿蹲下去，一会儿又忽然高高蹿起来，像是跳着欢快的舞蹈，而这火忽而又像小溪似的从木头上呼噜噜跑过，忽而又像打枪似的，啪的一声，冒起一缕缕烟来。

煤块，我也喜欢。我喜欢看煤块燃出来的金光，喜欢不断向上吐起的蓝莹莹的火舌。我总觉得火里有隐约可见的形状：这不是火鸟吗？这不是魔鬼吗？这不是人脸吗……

现在，我才知道，奶奶最担心的就是怕我一人留在家里会闹出一场火灾来。每次出去上班，她总是不忘记把装有火柴的小盒子带上。她在家时，只要我试图把手伸向火柴，立刻，她就动作飞快地给我一巴掌，大喝一声："不许碰！"——对小时候的莱依，她就是这样管教的。这样时时想着防火的奶奶，今天她居然也会把火柴忘在家里，忘在炉子的架子上！

屋角有一只篓子，里面满是废纸和垃圾。我把那篓子拖到屋子中央，将里面的东西统统倾倒在地板上，用废纸、柴棒和木片摞成一堆，然后把板凳搬到架子底下，爬上去够火柴。

我好不容易抓起火柴，听见火柴在盒子里轻轻稀里哗啦响了几声，忽然有谁从我身后发出一阵狂叫声。我回头一瞧，是莱依！它站在那儿，颈毛根根直竖，全没有了往日那种温顺的样子。最可怕的是那龇出来的牙齿，那可是一口狼的獠牙呀！

我吓坏了，一时没站稳，从板凳上咚一下摔了下来，火柴从我手里飞了出去，撒了一地。

我爬起来，抚着摔疼的膝盖，拿出我最轻柔的声气问莱依："亲亲的莱依，你怎么啦？你别以为我拿火柴玩儿，我也就拿一根，知道吗？一根，其他我全给奶奶留着。我只想拿一根火柴把火堆点燃。"

狮子和小狗

莱依不吭声。它竖着的颈毛又伏了下去，大牙也收进了嘴里。现在，莱依的样子又不那么可怕了。

可是，等我再伸手去够火柴时，大狼的血红大嘴又出现在我面前！它那嘴唇皱了起来，獠牙又一排地龇了出来，雪白地闪着寒光！

我赶忙躲开它，逃到最远的那个墙角去蜷缩着。

莱依见我这副样子，就又什么事儿没有似的躺了回去，把脑袋搁在前腿上，目不转睛地瞅着我。

它又成了和顺的莱依。

我用最柔和的语调对它讨好地说："好吧，我不点这火堆了。我这就把火柴去给捡起来，放回原来地方，不然，被奶奶看见了，我少不得要挨一顿好揍……"我劝了它半天，用各种它听起来最舒服的名儿称呼它。

它高兴了，望着我不停地摇尾巴。可是我只要走近火柴，它立马就又露出狼的一脸凶相，眼睛里射出两束绿光，嘴唇又皱了起来。

就这样，直到奶奶下班回来，莱依就不让我挨近火柴一步，更别说去碰火柴了。

奶奶为了这件事，可给我好颜色看了！她揍得我屁股没法儿在椅子上落座，到半夜还钻心的疼。

"你给我长点儿记性！"奶奶说，"莱依能把公私分得很清，跟你玩归跟你玩，尽责归尽责。既然跟你说了'不许碰'，那就一丝丝都别往那上头想，反正，莱依不会让你干的。"

原来，事情的奥秘在这里啊！莱依从小就看见，只要我一向火柴伸手，奶奶就马上喝令我："不许碰！"莱依是早已非常熟悉这句话的了。

哟，事情就这么简单明了。可小时候就怎么也弄不明白。那时，我以为莱依跟奶奶一样，是在监视着我，担心我闹出一场火灾，把房子给烧掉。

小时候那一回，莱依可吓得我永生难忘。从此以后，我在它面前就不敢再在家里玩烧火堆了——哦，连想都不敢想了。

第七章 莱依抓住了歹徒

邻居们当然不知道我们家里的莱依既能让我当马骑，又能像奶奶一样监视我，不让我玩火柴，所以常有人这样问我奶奶："您怎么能放心把一个嫩娃娃独自留在家里，交给狗去看管呢？"

"我的莱依很让我放心的。"奶奶回答说，"我像信赖一个可靠的人那样信赖它。"

确实，谁都喜欢莱依。就我一个人知道莱依露出凶相来有多可怕。对其他人，我从没有看见它冲上去叫唤过。谁爱上我们家来，就来吧，我们的莱依不会碰谁一根毫毛的。

奶奶说，莱依是森林里长大的，所以它特别信赖人。因为茫茫林海里人烟稀少，所有的人都是打猎的。它从来没见过猎人干坏事。森林里的猎人从来不欺负狗——不欺负自家的狗，也不欺负别人家的狗。

还有，西伯利亚森林里的居民非常好客，谁来都欢迎。有时候，偶尔有陌生人进来借个火什么的，甚至要求住一夜，主人从不拒绝，总是把他让进屋，让他吃饱喝足了，给他安排地方睡觉，一直到离开，主人也不问

狮子和小狗

一声他是什么人,从哪里来,到森林里来干什么。他们认为,如果你热情照顾他,殷勤款待他,他怎么还会欺负你呢?西伯利亚人说:"用肚子是偷不走面包的。"

这样,森林里就无形中形成一种不成文的规矩:不论谁到家里来,莱卡种狗都会把他当贵宾看待。莱卡种狗跟城里五花八门的外国狼狗不一样。譬如德国种狼狗认为:只有主人才是自己人,其他就全是敌人。不信,你到由这种狼狗看门的人家去试试!嘿,它马上扑到你胸口,把你推倒,然后一口咬住你的喉咙。有时候,主人还故意训练他们去咬人。而莱依却很喜欢人。

有一天,奶奶从外面领一个男人到我们家来。那天,天气很冷。那人身上只穿了一件棉衣,两只手冻得发红,冷得浑身直哆嗦。他年纪虽不大,但灰溜溜的脸上长满了胡子,一双眼睛陷在深深的眼窝里。奶奶觉得他挺可怜,就把他带回家来,让他吃得饱饱的,喝得足足的,还给了他一些钱。到他走了,奶奶也没问过他一句他是谁、从哪儿来。他自己说,他有病,刚从医院出来,还没有工作。他临走时,对奶奶边一个劲儿鞠躬,边连连道谢。

约莫两个星期后的一天早晨,奶奶和过往一样上班去了,我和莱依留在家里。莱依跟往常一样睡在它自己的墙旮旯里,我看着一本小人儿画书,看得入神。那时我七岁多吧,会看书了,只是疙疙瘩瘩看得很慢。

我听见咚咚的敲窗户声。

我赶忙走过去,一瞧,是个陌生人。我一下没能认出他就是奶奶曾经带进我家来过的那人。他身上穿着大衣,脸刮得光光的,上唇细溜溜的胡子翘向两边。

我听见他隔着窗户喊:"哎,大娘在家吗?"

我摇了摇头说:"不在!不在!"

他给我亮了亮他夹在手指间的香烟,用另一只手做了个划火柴的手势,告诉我:他要进来借火,点个烟。

我向他大声说:"家里没有火柴!奶奶一出门就随身把火柴带走了。"

他耸耸肩膀,然后指指窗户,意思是要我把窗户打开,这样他才能听见我说话。

我打开一扇窗,好给他解释清楚家里为什么没有火柴。这时,他很快伸进手来,手腕一拐就拉开了窗栓,一把推开窗户。我还没来得及回过神来,他已经进到屋里,站在我身边了。

"小狗崽子!告诉我,老婆子把钱藏在哪里?快说!"

这时,我当然一下就明白过来了。我背脊心直渗冷汗,可我还是意识到在这种危急的情况下我该向谁求救。我趁他不备,大喊一声:"莱依!我的好莱依!"

陌生人一只手掐住我喉咙,另一只手从怀里掏出一把短刀,对着我举起……

他突然一跟头像麻袋似的翻倒了!

他手里的刀也飞了出去。

我俯身看时,只见陌生人躺在地上,身上的大衣已经被撕成了碎片。莱依站在他上面——哦,那不是莱依,那是一条狼!

陌生人惶恐地尖声狂叫着。

狮子和小狗

我从窗口蹦了出去,也放声大喊大叫,但不知道自己都叫嚷些什么。

两个铁路员工正巧这时从我家附近路过,他们急忙跑过来,问:"怎么啦?出什么事了?"

我浑身筛糠似的颤抖着,一句话也说不出来。

他们走到窗前一瞧,就立刻明白发生什么事了。陌生人正用两手紧紧捂住自己的喉咙,惨声哀号着:"狼!快把狼撵开,该死的!"

写给孩子的动物文学

谁也休想把莱依撵开！他们想从窗口跳进去，可是莱依就转身朝他们扑去。哎，它是一条狼狗啊，它不明白窗外两个人不是坏蛋的同伙！

铁路员工飞快跑到奶奶的工作单位去把她找来。好在不远，奶奶不一会儿就回来了。

奶奶进屋，立刻拉住莱依的项圈，这样别人才能进去。很快来了一大帮人，七手八脚抓住了那个陌生人，用手巾把他捆上，捡起刀子，将他送进了民警局。

他还不住声地骂奶奶："法律不允许在家里养狼的。你要负法律责任。瞧把我的衣服全撕破了，该死的魔鬼！"

奶奶端详了一阵他的嘴脸，皱了皱眉头说："这家伙！他唤醒了一头善良的狗的野兽天性。你应该感谢它没有一口咬断你的喉咙。"

自从发生了那事件以后，莱依就一改过去的脾性，再不肯放任何人到家里来了。它成了我们家的守护神，保卫我们家，比什么德国狼狗都要可靠。

"它现在明白了：人，是有各种各样的。对善心人要用善来报答，对恶心人要用恶来对付。孩子，生活里全是这么回事，在城市里是这样，在森林里也是这样。世界上，没有比好人的心更善良的了，也没有比坏人的心更歹毒的了。"奶奶转头对莱依说，"莱依，你说对吗？"

莱依回答她说："汪！"

雪野寻踪

〔俄罗斯〕维·比安基

叶郭尔卡是守林人的小儿子，他成天待在小木屋里，实在闲得慌。他瞅了瞅窗外，皑皑的白雪把他们的木屋都差不多掩埋了，整座森林都被大雪严严地笼盖。

叶郭尔卡知道森林里有一块空地。哎呀，那可真是个好地方啊！你一走到那里，就会有成群成群的沙鸡从你脚下飞起来，扑棱棱、扑棱棱在你眼前飞向四面八方，你抬枪打就是了！

沙鸡又算得了什么！那儿的兔子可大哩！前些日子，叶郭尔卡还看到了一种脚印，不知道是什么野兽留下的，有点像狐狸的脚印，而从爪子又长又直这一点看，却又不大像是狐狸留下的。

要是能跟踪这见所未见的野兽脚印去探个究竟，那该有多好！这可不是只小小的野兔啊，要是能探究明白，那爸爸一定会夸他的儿子太有出息了。

叶郭尔卡心里痒痒的，有些坐不住了，恨不能这就跑进森林里去！

守林人这时在窗下绱长筒毡靴。

"爹，爹！"

写给孩子的动物文学

"干啥?"

"我要到林子里去,去打沙鸡!"

"亏你想得出!你不看看,天都快黑了!"

"爹,让我去吧!"叶郭尔卡苦着脸,拖着长声恳求说。

守林人不说话了。

叶郭尔卡的心顿时抽紧了,连呼吸都急促了——"唉,他不会让我去的!"

守林人倒也并不喜欢看小伙子闲极无聊的样子。俗话说得也有理吧,只要喜欢,累死心甘。整天在小木屋里待着也不是个事儿啊,为什么不让孩子出去动动呢……

"你一定要去,就去吧。不过,要当心,一见天黑下来,你就必须立刻往回走。要不,我就执行我的规矩:没收你的燧发枪,外加吃一顿皮带。"

燧发枪,那是父亲在他14岁生日时,从城里买回来给他的一支单筒步枪,叫贝丹,可以打鸟,也可以打野兽,是他的宝贝呢。

父亲知道,对叶郭尔卡来说,这贝丹是他最心爱的,只要威胁说收回贝丹,那他准什么都依了。

"我去一会儿就回来。"叶郭尔卡答应说,他边说边穿上短皮袄,抬手从钉子上取下了贝丹。

"好,你说了的——一会儿就回来!"父亲嘟囔说,"你知道的,每天夜里狼就叫得紧。你可得多加小心哪!"

父亲嘟囔这话的时候,叶郭尔卡早走出了木屋,一步跨到院子里,登上滑雪板,一溜烟,进了森林。

狮子和小狗

守林人撂下靴子,掂起斧子,到干草棚里去修他的雪橇去了。

天渐渐黑了下来。守林人停止了敲打,放下了他的斧头活。

该吃晚饭了,可不见孩子回来。

倒是听到过三声枪响,但从那以后就再没什么动静了。

又过了一会儿,守林人进屋去,拨拨灯芯,点亮灯,从炉子上取下熬粥的砂锅。

还不见叶郭尔卡回来。这小子,跑哪儿去了?

他自己先吃了粥,走到台阶上。外面已经黑洞洞的,伸手都不见五指了。

他竖起耳朵倾听,什么声音也没有。

写给孩子的动物文学

大森林黑糊糊一片,连树枝断裂声也没有,静得让人心跳——这黑黢黢的森林里究竟发生着什么呢?

"沃——呜!沃——呜……"

守林人不由得浑身一哆嗦。这声音能是一种幻觉吗?

森林里又传来了同样的声音:

"沃——呜!沃——呜……"

没错,是狼!接着第二只跟着嗥起来,再接着第三只……哦,整整一群呢!他心里一阵发紧,怦怦跳得厉害,肯定是那些畜生向叶郭尔卡发起攻击了!

"沃———呜!沃——呜!沃——呜……"

守林人跳进了小木屋,转身出来时,手里掂着他那管双筒猎枪。他把枪往肩窝一搭,枪口当即喷出火光,枪声远远传向森林。

狼嗥叫得更厉害了。

守林人会神倾听,看儿子会不会放枪响应他。

"砰!"一声微弱的枪响,从黑暗中,从森林里隐约传来。

守林人一跃而起,捎上枪,系上滑雪板,立即直奔黑暗的森林,向传来叶郭尔卡枪声的地方飞快地滑去。

森林里的黑夜,直叫人想哭!枞树的枝条不时钩住他的衣服,扎他的脸。树木像是一堵厚实的墙,人甭想穿过去。

然而,不过去是不行的,前面就是狼群,它们拉开嗓门在大声嗥叫,叫声拖得很长——

"沃呜——沃呜呜呜呜……"

狮子和小狗

守林人停下脚步,放了一枪。

没有回应,只听见狼嗥声。不好!

他又继续向密林深处,向狼群呜呜乱嗥的方向奔去。

此刻,他想到的只是"既然狼在叫,就说明……它们还没有吃到口……"

突然,叫声中断了。

周围静得更恐怖。

守林人向前走了几步,然后,站定了。

他放了一枪,又放了一枪,接着,他静静听了好一阵。

静——静得耳朵都发疼了。

能往哪儿去呢?四周这么黑。可还得走呀。

他随便挑了个方向,就碰运气吧。反正不论往哪个方向,森林都越来越稠密。

他放枪,他叫喊,没有谁回应他。他又再在林中穿行,连自己也不知道走向哪儿,但不能不走。

最后,他筋疲力尽了,声音也喊哑了。

他停下来——不知道该往哪儿走。其实他早迷路了,弄不清家在哪个方向了。

他定睛细看:树林后面似乎有灯光——那树丛间透出来的,是灯光吗?也许,那是狼眼在闪光?

他径直向亮光走去,不想竟走出了森林——出现在眼前的,是一片空旷的地带。中间有一幢小木屋,木屋的窗户透出光来。

守林人看着,简直不敢相信自己的眼睛了:这不就是自己的家吗?

这就是说,他在黑暗中在密林里转来转去,结果竟是兜了个圈!

他站在院子里放了一枪,没有回应,连狼群的叫声也沉寂了。显然,它们是在撕扯猎物了……

儿子完了!

守林人扔下滑雪板,走进小木屋,没脱皮袄就一屁股坐到木炕上,两手托着脑袋,木然不动——他愣了,他傻了!

桌子上的灯冒着黑烟,晃了几晃,灭了。守林人也没发现。

窗外迷迷蒙蒙的,透出了鱼肚白。

守林人站起来。他一夜之间衰老了许多,连背都驼了。

他往自己怀里揣了一大块面包,随手取了子弹和枪。

他走到院子里,天色已经亮了,积雪在地上闪着寒光。

雪地上,叶郭尔卡的滑雪板留下的两道沟痕从大门外一直延伸进了森林。守林人看了一眼,狠狠甩了甩手。他想:"昨儿个晚上有月亮就好了,那样我就能沿着滑雪板的痕迹找到叶郭尔卡了。唉,再走一趟吧,找不到人,能捡几块骨头回来也好——也许还活着呢?不常有这样的事吗……"守林人绑好滑雪板,顺着叶郭尔卡的踪迹飞奔而去。

叶郭尔卡留下的滑雪板沟痕左拐右弯,把守林人引向林边。

守林人追踪沟痕疾奔,眼睛一直紧盯着在雪地上搜寻,不放过任何一个脚印和爪痕,就像在雪地上阅读一本书似的,辨认着一切印迹和记号。在这本书上记载着叶郭尔卡昨儿夜间发生的一切。守林人看着雪地就一切都能明白:叶郭尔卡从哪儿走过,又做了些什么。

看,孩子就是沿着森林边沿前进的。在雪地一边有细细的鸟爪痕迹和

狮子和小狗

尖尖的羽毛留下的十字形图案。

一定是叶郭尔卡来到这里时惊飞了喜鹊。喜鹊正在这里捕捉林鼠，周围都是林鼠拐来绕去的圈痕。

这里，他从地上捡起一只小兽。

一只松鼠曾在雪地的冰凌上跑过。这是它的脚印。它的后腿长，后腿的脚印所以也就长。松鼠在地上跳的时候，它的腿前伸，越过前腿。而它的前腿又短又小，因此前腿的脚印是点点状的。

守林人看到，叶郭尔卡把松鼠赶到了树上，然后一枪，把松鼠从树枝上打了下来，掉进了积雪里。

"小伙子的枪法不错呢！"守林人想。

他"看到"，叶郭尔卡在这里捡起了猎获物，然后继续向林中走去。

叶郭尔卡的足迹在林中绕了一圈又一圈，接着来到一块林中空地上。

看样子，叶郭尔卡就在这块空地上仔细辨认过林中雪地上兔子留下的足迹。

兔子在那里密密麻麻踩出了许多小道，又是绕来绕去的脚印，又是蹦来跳去撩拨而成的小雪堆。只是叶郭尔卡并没有打算去弄清它的花招。滑雪板留下的沟痕跨过兔子的足迹又向前去了。

再向前，有一处的雪被掘松了。雪上有鸟的脚印，和一个烧过的填弹塞。

这是一只白沙鸡。整整一群都在这儿钻进积雪里睡过觉。

沙鸡听到叶郭尔卡的声音，扑啦啦飞了起来。叶郭尔卡开了一枪。沙鸡惊飞了，只有一只吧嗒掉在地上，显然，还在地上挣扎了一阵。

行啊，这猎手还挺棒的哩：把飞鸟都给打下来了！这样的猎手也应该

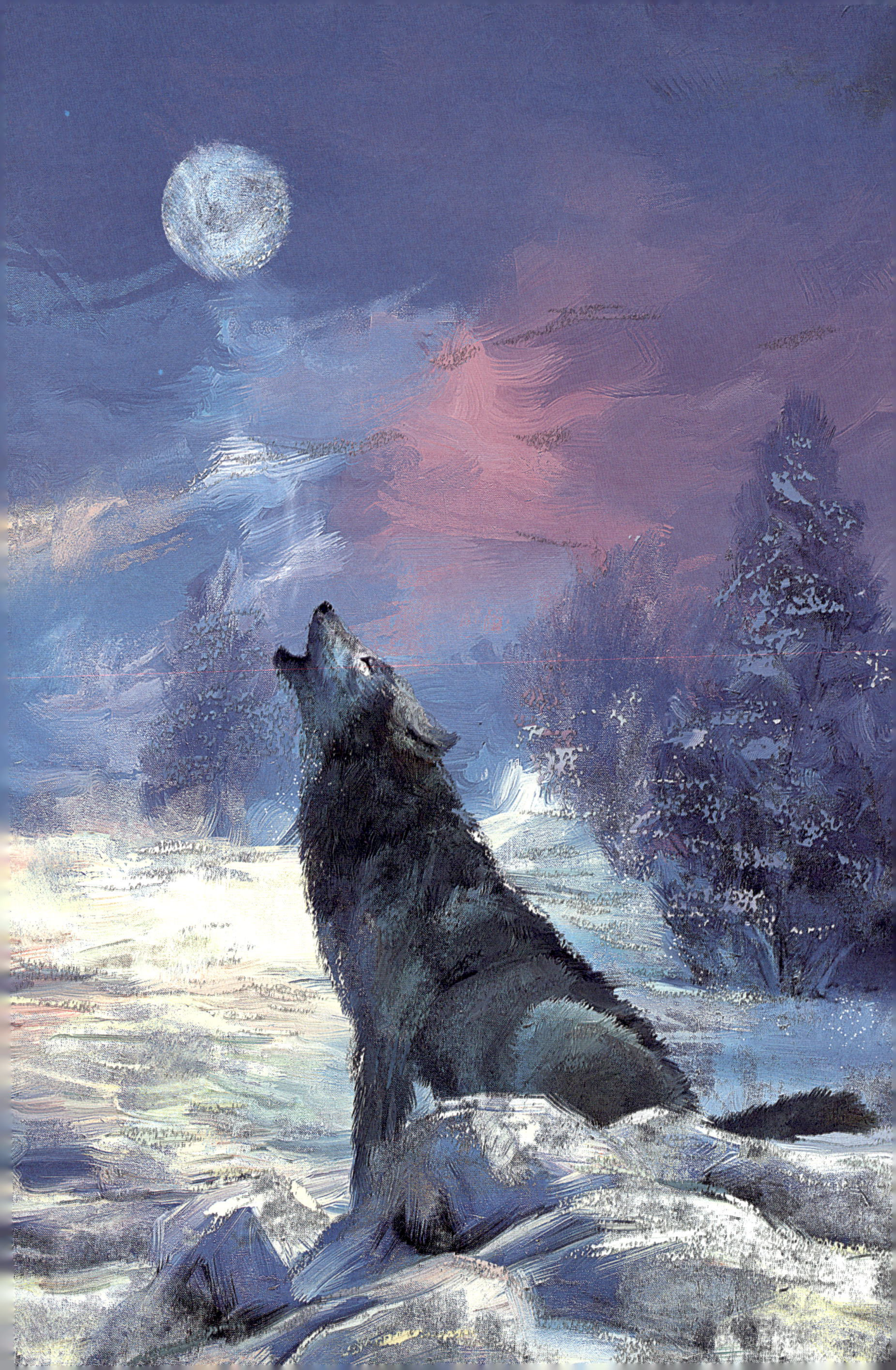

狮子和小狗

能够摆脱狼群,而不会轻易就落进狼嘴里去的。

守林人于是赶得更急了,两腿不由自主地飞跑起来。

足迹通向一片丛林——足迹中止了!

这是怎么一回事啊?

叶郭尔卡在丛林后面停了下来。他踩着滑雪板老在同一个地方转,他弯下腰,一只手伸到雪地里,然后向一边滑去。

他的足迹笔直地向前延伸了四十来米,接着就开始绕圈了。哦,这里有野兽的足迹!脚印差不多有狐狸的大小,还有爪子……

这陌生的野兽是什么东西?守林人有生以来还没有见过这样的脚印呢:脚掌不大,爪子却大约有五厘米长,像钉子一样笔直笔直!

雪地上有血迹。再往前去,这野兽就用三条腿行走了,很明显,它的右前腿被叶郭尔卡的枪弹打断了。

他在丛林中东颠西跑追赶那野兽。

现在孩子还怎么可能回家呢——天下没有一个猎人会抛开已经被打伤的野兽回家的。

那么,那受伤的野兽到底是什么东西呢?它的爪子很厉害吗?要是它来个突然袭击,伸出爪子来抓孩子的肚皮……那可够孩子受的!

滑雪板的沟痕向丛林延伸,越来越深,擦过一个个树墩子,绕过一棵棵被风刮倒的大树,再向前延伸。哦,这样,孩子,你会让树桩绊倒,你的滑雪板会折断的啊!

唉,孩子到底还嫩哪!为了节省子弹吗?你看,就在这个地方,就在这拔起的树根后面,应该果断地把野兽结果掉的。它在这里没地方逃躲的。

写给孩子的动物文学

空手能更快逮住野兽吗？你向受伤的野兽伸一下手试试——连小小的仓鼠被激怒了都会咬你的手呢，何况这看起来挺有分量的野兽——你看那雪地上踩出的凹坑有多深哟！

怎么啦，该不是下雪了吧？那样就糟了，脚印要被雪盖住了，可怎么办？

快走！快走！

野兽的足迹在丛林里弯来拐去地兜圈子，滑雪板的印迹在后面步步紧跟，一眼望不到头。

而雪却越下越大了。

前方透出来缕缕亮光。树林稀疏了，出现了一棵棵粗壮的大树。这样，足迹就会被遮盖得更快，就会越来越难于辨认。

终于，叶郭尔卡赶上了野兽。雪地上满是乱七八糟的印痕，上面有斑斑血迹，还有又硬又粗的灰毛。

那些野兽毛倒是该好好瞧瞧的——凭毛就能看出是什么野兽的。只是这里的雪好像脏得有点不对头……

孩子怎么双膝着地，跌倒在了雪地上……

瞧前边，那是什么东西翘在那里？

一块滑雪板！又一块滑雪板！雪地上有几个狭长的深坑：叶郭尔卡准是跑着跑着，突然翻倒在了雪地上……

令人想不到的是，一串像是狗大步跑过的脚爪印，横在路的前边、右边、左边……

——是狼！是该死的狼追上了叶郭尔卡！

守林人止住了脚步：他右边的滑雪板碰到了什么硬东西。一看，原来

狮子和小狗

是叶郭尔卡的贝丹枪。

准是这么回事！头狼逼到叶郭尔卡眼前，咬断了他的咽喉……他的枪从手里滑落下来，随即，整群狼赶了上来……

完了！守林人向前方望了一眼：哪怕是能捡到儿子衣服的一块碎片也好啊！仿佛有个什么灰色的东西在树丛后面一闪，随即从那里传来一声嘶哑的嗥叫，一声尖利的吠叫，像是两只雄狗在撕咬。

守林人直起腰，当即从肩上取下枪，大步流星向前冲去。

树后，一堆血糊糊的骨头上，站着两条狼，它们站着，咧着嘴，龇着牙，灰毛根根直竖，周围还有几条，有的躺着，有的蹲着。

守林人大喝一声，没瞄准就开了枪。

双筒枪强大的后坐力使他的身子摇晃了一下，双膝立刻跪倒在雪地上。

硝烟散尽时，狼们都已经不见了。

震耳枪声的嗡嗡声还在不住地作响。透过这响声，他似乎听得到叶郭尔卡在向他凄厉的呼唤："爹！"

守林人连自己也不知道为什么摘下了帽子。大片大片的雪花飘落在他的睫毛上，模糊了他的视线。

"爹……"他迷迷糊糊地却又是清晰地听到了叶郭尔卡轻声的呼唤。

"我亲亲的叶郭尔卡！"守林人有气无力地回应道。

"把我抱下来，爹！"

"孩子！"守林人惶惑地跳起来，向传来声音的大树飞跑过去。

冻僵了身子的叶郭尔卡像只面粉口袋似的倒在父亲的手上。守林人背起叶郭尔卡，一口气就跑回了家。不过，半路上他不得不停下来，因为儿子一直嘟囔个不休："爹，把我的贝丹枪捡起来，贝丹枪，贝丹枪……"

炉里的火旺旺燃烧着。叶郭尔卡躺在木炕上，盖着沉甸甸的熟羊皮。他的眼睛闪着光，火烤得浑身暖融融的，守林人坐在他脚边，拿小茶碟喂他喝热茶。

"我听见狼已经很近了，"叶郭尔卡描述当时的情状，"我害怕了！枪从手上滑落了，滑雪板陷在雪堆里，我干脆扔了。我刚就近爬上了一棵树，它们就赶到那棵树下了。这些该死的东西，它们跳呀，蹦呀，牙齿咬得喀哧喀哧直响，一个劲儿想蹦起来把我给叼下去。哎哟，真是太可怕了！"

"别说了，孩子；别说这些了，我的小亲亲！你还是说说，你打断了腿的是一只什么野兽吧？"

"啊，是胡獾，爹！一只挺肥挺肥的胡獾，就像你养的那头猪。你看到它的爪子印了吗？"

"你说，是胡獾？这我可万没有想到。它的脚掌前头有锋利的爪子。你等着瞧吧，等到冷天一过，等它睡够了觉，它准又会爬出来！大冷的日子它睡大觉，很少有冬天爬出来的。等着吧，到春天那会儿，我把它的洞指给你看。那洞可好哩！狐狸怎么也挖不出这大的洞来。"

但是，叶郭尔卡已经不在听了。他脑袋儿歪朝一边，眼皮不由自主地闭上了。他睡着了。

守林人把他手里的小茶碟挪开，把羊皮披得更严实些。

随后，他转身看了看窗外，暴风雪依然不见消停，轻柔的雪片飞旋着，飘舞着，盖住了林间隐约可辨的各种踪迹。

夜遇偷狗贼

〔俄罗斯〕维·比安基

夜色渐浓，进森林狩猎的马尔泰米扬和马尔凯尔兄弟俩正准备吃篝火上热烫了的面包糊糊呢。

不料，猛听得一声枪响，咣啷，静寂中的枪声听起来特别震耳，简直是横空爆起一声霹雳。他们耳朵里不停地直嗡嗡。

马尔泰米扬手里端着的铝锅被子弹打出了一个圆圆的窟窿，咣一下，从他手上掉落到了篝火里。他们身边的猎犬别尔卡耳朵特尖，反应也特灵敏，一眨眼，它冲进了黑暗中。

"回来！"马尔凯尔对消失在夜色中的别尔卡大叫了一声。

他们俩紧挨着一棵大雪松，本来是想躺在它下面过夜的。马尔凯尔眼疾脚快，噌一下跳到了雪松的树干后头，从那里向四周察看动静。

马尔泰米扬从地上一把抓起猎枪，两大步就跳到了躲在雪松后头的马尔凯尔身旁。多亏他跳得快，要不然，从夜色中飞来的第二颗子弹就不是穿进了雪松树干，而是穿过他身体了。

"这篝火……活见鬼！"马尔凯尔喘着粗气，对着招惹子弹的篝火骂

> 写给孩子的动物文学

了一句。

哗啦,锅里泼出来的面包糊糊浇进了烈焰腾腾的篝火,于是火焰猛一下蹿了起来,烧得更旺了。火舌舔到了干枯的枝叶,火焰于是升腾得更高了。

情况很危急,火光直刺得他们眼都花了。瞬间,他们再也看不清周围密密匝匝的树木,要自卫,要还击,根本就做不到。

可是,躲在黑暗中向他们开枪的人对火堆边的他们却看得一清二楚,那双贼眼正紧紧盯着他们的一举一动呢。

然而马尔泰米扬说话的语气却出奇的镇定,他像什么也没发生似的说:"还好有别尔卡在咱们身边。它会告诉咱们开枪的人是从什么方向过来的,咱们只要绕着雪松不停地转移,他的子弹就打不中咱们。"

马尔泰米扬这三言两语,既承认了他们此刻所处的境况险恶,又说明了毕竟还有办法躲避从黑暗中向他们嘘嘘飞来的子弹。

"你没伤着吧?"马尔凯尔问。

"打在铝锅上了。"马尔泰米扬回答说。

随后,两人就不再言语。他们把自己的身子紧贴坚硬的树干,竖起耳朵倾听越来越远的狗吠声。

这对兄弟生来就不爱说话,此刻就更是吝于言语了。他们出生在西伯利亚原始森林里,又在那里度过他们漫长的人生,哥哥今年七十了,弟弟也年近六十,看着他们挺拔的腰身,谁能猜得透他们现在已经活到这把年纪了?他们长得如此魁梧,头发如此蓬松。他们默默地紧紧相依,贴靠在黑黢黢的雪松树干上,简直像是两头准备决斗的野兽。

不用说,这突如其来的袭击,为的是兄弟俩手里的一样宝贝。

狮子和小狗

马尔泰米扬肩上挂着一个皮袋子。这皮袋坚韧、结实,是用野兽生皮缝制的,表面粗糙,脏兮兮的,可里边装的东西却比黄金还贵重:他们把猎获的一只黑貂剥下皮来,经过一番精心揉搓,晒干,外面看着不起眼,但里面贼亮贼亮的绒毛可是一看就叫人啧啧赞叹。

可不是轻而易举就能逮到黑貂这种小宝贝的。密林里经常有歹徒出没,企图从以狩猎为生的人手中抢夺这兽皮珍品中的珍品。所以他们兄弟俩轮换着背袋子,分秒不离身。

瞧,歹徒终于来打他们这宝贝的主意了。在篝火渐渐熄灭以后,此时此刻,最要紧的是得赶紧躲开那双抢夺宝贝的手。

他们谁也不说话,因为两人这会儿想的准都是这同一件事。

别尔卡的吠叫声转到了右边;他们赶紧移到右边隐蔽起来。

从狗的吠叫声中,他们能听出来,猎犬已经追上了那个躲藏在黑暗中的歹徒了,正向他扑过去呢。

"傻瓜……他会开枪把你打死的!"马尔泰米扬想。一想到自己的爱犬会被打死,他全身都凉了,直凉到了脚跟。

没想到,狗的吠叫声却中断了。寂静中转而传来别尔卡被按倒在地的嘶哑声,闷闷的,呢呢唔唔,呢呢唔唔。紧接着,便是一阵四肢在地上挣扎、抓刨的声音。

"十恶不赦的……抢咱们的别尔卡哩!"马尔泰米扬不由得叫起来,于是他边向弟弟蹿过去,边制止说,"别过来!"

马尔凯尔习惯于凡事都听哥哥的,从小他就这样,直到现在。

他着急地看着哥哥跑向了一块月光照耀的空旷地。

写给孩子的动物文学

马尔泰米扬的前头出现了一片林密如墙的地儿。就在此时,他背后亮光一闪,随即响起了一下枪声。

马尔泰米扬手中的枪一下掉落在地,打了个趔趄,踉跄了几步,倒下了。

"跑!"他对弟弟大声说,"别尔卡……"

狮子和小狗

马尔凯尔听懂了哥哥没说完的话：他准是想说，开枪的人不是为皮袋子里那宝贝而来，而为的是要抢夺咱们的别尔卡。拼上老命也要去把别尔卡夺回来！马尔凯尔冲出隐蔽处，大步流星飞奔着，穿越了空旷地。

枪声倒是没有再响。但是当马尔凯尔跑到林墙跟前时，他听到了一阵人踩踏枯枝的咔嚓声，很响。显然，偷狗贼正在逃跑！

马尔凯尔跑了几步，就被密林挡住了去路：尖刺的树枝划破了他的脸，幸好没钩着他的眼睛。

他眼前漆黑一团，什么也看不见，连粗粗的树干也辨认不出来。马尔凯尔停下来。偷狗贼的脚步声听不见了。

马尔凯尔急了，快开枪！他连瞄也没瞄，就不管三七二十一朝前方黑暗中放了一枪。

身后的篝火依然悠悠的燃着。

马尔凯尔回到受伤的哥哥身边。

子弹打穿了哥哥的右臂，还擦伤了一根肋骨。

还好，子弹没伤到哥哥的要害处，就是流了不少血。

弟弟替哥哥把右胳臂弯到胸前，贴住，再用绷带紧紧扎住伤口。血算是止住了。

他们一起灭了火，然后静静躺在地上，睁着眼等待天亮。

他们一心想着自己的别尔卡，想着把它从偷狗贼手里夺回来。对猎人来说，黑貂皮这样的猎获物固然珍贵，不过更珍贵的还是他们的爱犬——这可是他们无可替代的朋友啊！

宁肯失去皮袋子，失去黑貂皮，却不能没有别尔卡——有别尔卡这样的猎犬在，黑貂皮不愁没有。抢走了他们的别尔卡，他们就等于失去了一切，以后的活儿就没法干了。

像他们的别尔卡这样的好猎狗，想再弄到一条几乎不可能的。别尔卡虽然他们才养了不到四年，但它的好名声已经是邻近四乡尽人皆知了。它生的小狗嗅觉特别灵，有人愿意出15乃至20卢布的价来买它的小狗。更有人愿意出200卢布来买别尔卡——这样的高价虽然是他们长耳朵起就没听说过的，可在如此高昂的价格面前，兄弟俩也从来没有动过心。

别尔卡浑身雪白雪白。"别尔卡"就是"雪白的一团"的意思。这样的白狗邻近村落里没有第二条，所以谁都认识，所以人人都知道它。因此，谁偷了它，被人看见了，便很快会传到兄弟俩的耳朵里。

这偷狗贼会是谁呢？只会是不怕兄弟俩到法院里去起诉，让偷狗贼乖乖把狗送回来的主儿。

这样的主儿，这一带只有一个，那就是县警察局局长。

此前，局长就不止一次给猎人兄弟捎话，说他要买他们的别尔卡，还曾对他们使用各种卑劣的手段，给一口拒绝卖狗的兄弟俩出种种难题，叫他们尝尽苦头。这不明摆着，狗是警察局长暗中指使他的心腹来抢夺的；同样明摆着的是，村里人即使知道这下作勾当是县警察局局长干的，也没人敢站出来揭发。

兄弟俩知道，他们是弱势者，在警察局长面前，无论是在乡村还是在城市，都完全是胳膊拧不过大腿的。他们俩并排躺着，不约而同地想着怎样在此刻，在这会儿，趁偷狗贼还没逃远，还没逃出原始森林，就把他给截住，把狗夺回来。他们想的竟这样一致，简直就像是他们两人长的是同

狮子和小狗

一个脑袋。

穿过原始森林只有一条路，那就是沿河的一条小道。猎人们进森林打猎都是这样，顺小路进去，又顺原路回村。偷狗贼也不会有第二条路可走的。他来时的船就准定藏在河边一个紧挨密林的地方，这个藏船的地方肯定不会离这里太远。

兄弟俩驶来的船现在还在河的上游，他们走到那里得一天的时间。

河倒是就在不远处，可现在有原始森林阻隔着。如果不是原始森林这么密如篱墙，那么跑到河边就只需半个钟头，那时就可以……

幸而，兄弟俩还有一件宝贝，这就是他们可靠的眼睛。这宝贝是连同着他们的生命的，生命在，他们明亮的眼睛就在。

他们的眼睛只要一搜索到贼，子弹就会遂他们的心愿追上他，那么，他就是插翅也飞不掉的。在密林里结果掉他还有一个好处，就是神不知、鬼不觉，无人知晓。

天才露出灰蒙蒙的晨曦，才分辨得出近处的树林，兄弟俩就从地上一骨碌爬起来。

马尔泰米扬看了弟弟一眼，就把皮袋子递给他。随即，两人就朝同一个方向出发了。

原始森林，他们再熟悉不过了！他们在黑暗中摸索到不易看清的野兽行走的小路，顺着小路走出了密林。

他们时不时滑进麋鹿踏出来的坑洼里，还时不时绊着树根，不过，他们仍一步不停地跑着，跑着，直到听见前面传来河水湍急的哗哗声。

这时他们才停止奔跑，才缓下步来匀匀气。只有不大口喘气，瞄准偷狗贼的枪才能不抖动，才能让十恶不赦的家伙一枪毙命。

天亮了，大地开始苏醒，森林开始活跃起来。

他们拨开树枝，一眼不眨地窥望河面，就像是跟踪西伯利亚其硕无比的大角鹿。

河水因连日的秋雨而暴涨。向他们奔腾而来的河水，在浅滩上发出咚嗒咚嗒的激浪声。这里可以眺望到河水正向远方滚滚奔涌而去。

他们没有看到船。

他们往河水流来的方向看，看到河水绕过一个丘岬，在那里陡然拐了个弯。山岬上隐约可见一片高大而茂密的树林，河水就从他们看不见的树林后面绕出来。

要是偷狗贼从这里溜过去，进了对面那片茂密的树林，那么他们就休想看到贼的身影了。

他们为同一个问题费尽思虑：贼会不会从这里过河？

他们睁大眼睛，不停地在河面扫视着，看河面的波涛间有没有什么偷狗贼溜过河的影迹。

他们这样在河边久久伫立着。太阳已经渐渐升到了森林上空，河面在晨光照耀下映出粼粼金光。

兄弟俩一夜没合眼，都困倦极了。他们的双腿也因为在坑坑洼洼的林间小道上奔跑而酸疼得不行。但是他们丝毫没有想要坐下来的念头，似乎只要他们一坐下，就会放过从上游驶来的小船。

黑夜里突如其来的袭击使他们忘记了晚餐，早上又没有时间吃点东西，可他们再饿也没从怀里掏出面包来啃上几口。

狮子和小狗

忽然，眼睛特尖的马尔凯尔叫起来："瞧——来了！"

这是他们沉默了六个钟头以后的头一句话。

接下来发生的一切，比我这叙述还要快得多、快得多、快得多——快得多多了！

小船向着他们飞也似的驶来。马儿凯尔先看清了船头上的猎犬，就失声叫起来："别尔卡，过来！"

马尔凯尔分明看见狗向呼唤它的方向冲过来，但拴在它脖颈上的皮条又很快把它拉回到船上。

这时，马尔泰米扬把受伤的右手从绷带里挣出来，用左手把枪搁到一根树枝上，右手扣住了扳机，一扣，子弹啪一声打了出去。

马尔凯尔急忙说："白费子弹的，船上有袋子挡着呢，打不进的。"

的确，沿船边堆着装满泥土的袋子，舵把子在船尾上高高翘着，看不见掌舵人，子弹打不着他。

哥俩一时不知道怎么办好。他们最后的希望渺茫了。

小船从上游疾速驶近。得马上想出办法来，快，快，不能错失良机了！

就在这时，两兄弟的想法十来年头一次出现分歧。

哥哥急忙去给猎枪再装弹药。

而弟弟却卸下皮袋子，把它举过头顶，向河面喊，喊声压倒了河水的激流声："黑貂皮给你，还我们狗！"

回他的是一声枪响，子弹从他头顶呼啸而过。小船挨着对面的河岸飞快地疾驶而去。说时迟、那时快，马尔泰米扬把枪搁到了树枝上，他的脸此刻真让人看一眼都害怕。他恶狠狠地说："给贼去养小狗吗？做梦都别想！"

马尔泰米扬的右手因为负伤而不听使唤，总颤颤的握不好枪。

马尔凯尔这时一个箭步走过去，将哥哥手中的枪从树枝上拿开，又在同一根树枝上搁上了自己的枪，厉声说："我来！"

他慎细瞄准着，就像是打黑貂那样，要一枪击中小畜生的头部，这样黑貂皮才可以是整张皮毫毛无损的。

马尔泰米扬注视着船上他们的猎犬，盯着那雪白的别尔卡的身影。

被皮带拴着的别尔卡，向着主人声音传去的方向扑过来，然而皮带拉扯着它——皮袋绷得紧紧的。它踮起后腿，一蹦老高，两只前腿于是隔着船舷向主人空悬起来。

用不了多一会儿，这只无价的白宝贝就将在河那边消失了，就将永远属于早都想拥有别尔卡的家伙了。

马尔泰米扬耳边响起了射击声，嘘——一颗子弹飞了出去。

马尔泰米扬眼瞅着别尔卡头冲下，纵身跳进了河水中。

很快，小船就不见了。

哥俩一动不动站着，双眼紧盯着河面，望着奔向山岬那边的激流。

随后，哥哥看了看自己受伤的右臂，说："给我把绷带扎紧些。"

血不停地从他右臂的创口渗出来，阵阵恶心直冲他的喉咙。马尔泰米扬的身体感到从未有过的虚弱。

弟弟替哥哥扎紧绷带的时候，哥哥的双眼一直无力睁开。

倒不是枪伤在折磨他，而是总不甘心就这样从此失去别尔卡。

哥哥知道弟弟这时心里想的也只是狗。他勉强睁开眼睛，看了一眼弟

狮子和小狗

弟的脸。

马尔凯尔从哥哥的眼神里看到兄长对他寄托的热望。他于是眯起了左眼，狡黠地向哥哥眨了眨眼。

"都什么时候了，还给我做鬼脸！"马尔泰米扬这样想着，又无力地闭上了眼睛。

马尔泰米扬的右臂继续渗着血，疼得他阵阵钻心。

写给孩子的动物文学

密林里传来一阵窸窣声，他一下睁开了眼。

出现在他眼前的，不是别尔卡还会是谁！此刻，别尔卡抖动身毛所扬起的水沫映出了一片彩虹，它洁白的身躯简直就是彩虹里的一块玉石。

狗停止了抖动，一头扑向了马尔泰米扬的胸口，连连舔他的脸颊，接着又扑到一边去亲马尔凯尔。

马尔凯尔喜不自胜，他一时愣了，呆站着。可随即，他就俯下身去，用他的左手抓起别尔卡脖子上那断了的皮带——皮带尽头有个半圆形的缺口，这无疑是子弹烧灼的痕迹——哦，马尔凯尔最后这一枪打得真神了！

老猎人胡子拉碴的脸上显露出幸福的微笑。

"你这一枪打得够准的……打断了拴狗的皮带！"他喜不自禁地说。不过话才说出口，他便马上意识到：他这话完全是多余的。

狗认小兔做养子

〔俄罗斯〕维·比安基

你们以为兔子就都是胆小的吗？其实不一定。兔子也有各种各样的呢。要不信，你们可以问问我儿子，他就知道，有一次，我们抓到的一只兔子胆子就挺大的。

那是秋季里的一天，我和儿子带上我们家的猎狗杰姆，到森林里找野物。杰姆腿很短，而耳朵却很长，长得耷拉到地上，尾巴只小小的一截。它年纪倒是大了，可仍不失为是一条很不错的猎狗：找到野物，它总是按规矩拽回家来，搁在门廊上；抓到被射伤的禽鸟，它会用嘴叼着直送到你手上，连一根羽毛都不会碰坏。我们的杰姆确实是一条非常聪明也非常善良的狗，它从不跟别的狗较劲儿，不打架，不咬人，见到所有的熟人，它都带着狗的亲热劲儿，不停地摇尾巴。

那年的秋季天气干燥，几乎没有下过像样的雨，树上叶子已经落了。这种时候在林子里打猎最不容易得手，因为枯叶在脚下沙沙作响，禽鸟和野兽老远就能听到你的脚步声，它们透过已经变得稀疏的灌木林看见你，还不等你走近它们，它们就逃开了。

忽然，灌木林里传来杰姆的吠叫声，但是叫几声又不叫了。

"杰姆在向什么样的野物进攻啊？"我琢磨着，做好射击的准备。

等了一会儿，不见有什么野物跑出来。我儿子进到了丛林里，很快，他就大声叫我过去："爸爸，爸爸，快来呀！杰姆抓到俘虏了！"

我赶快跑过去，只见杰姆笔直俯伏在地面，用前爪把一只小兔按在落叶上，紧紧抓住不放。小兔绝望地吱吱惨叫，杰姆情急地摇动着小尾巴。儿子站在它旁边，不知该怎么办好。

我走过去，从杰姆的爪子下把小兔子掰出来，用两个指头抓住这小兔子的后颈，提起来。它叫得更厉害了，扬起爪子想对我抵抗。

儿子说："兔子生你的气了。它在喊：'你怎么有权欺负我这么小的兔子！'"

我儿子似乎说得不错，小兔子的叫声里仿佛还真有这意思。

杰姆这时用后腿立起来，它的前腿搭在我膝盖上，伸出舌头舔舔小兔子。它这是在安慰小兔子吧，好像是说："别怕，我们不像你想象的那么可怕，不会做什么伤害你的事情。"

这时儿子突然有什么发现似的说："爸爸，你看，小兔子的左边身子上有一块亮亮的皮。"

我一看，确实是的，小兔子身上真的有一块是光秃秃的，上面的毛被扯掉了。这块光光的皮有硬币大小。

"咳咳！"我说，"这只缺毛的兔子我倒是认识的哩！它是从谢廖扎叔叔那儿跑出来的。小家伙，现在请你进我的猎袋去吧。"

我小心翼翼地托住小兔子的肚子，把它塞进猎装后面的口袋里。我的

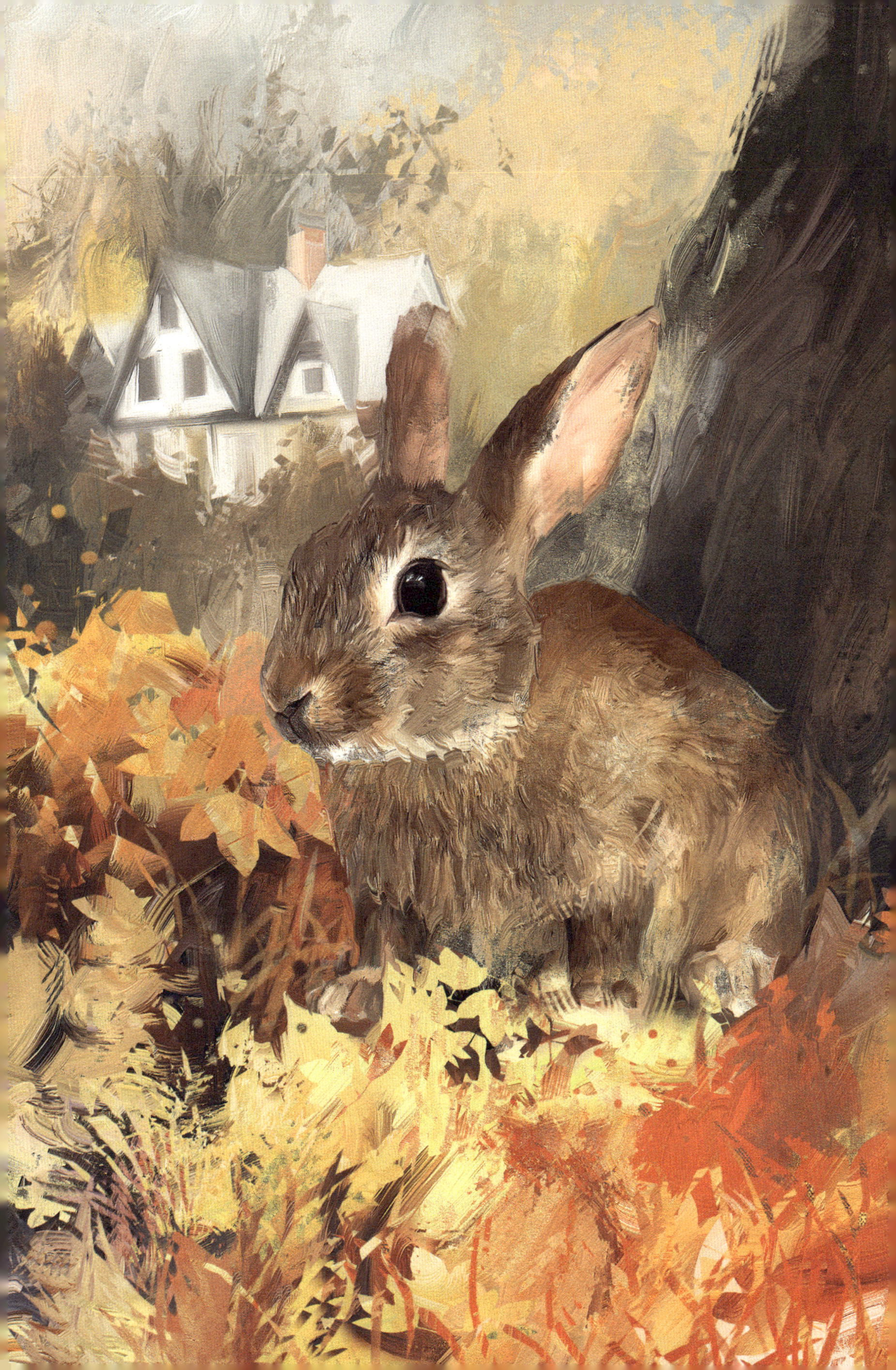

短猎装上有整个背脊大的一个口袋，两边尽是纽扣，在森林里打到什么，带起来很方便。

我背脊的口袋里又黑又暖和，小兔子很快就不动弹了。

我们马上转身回家。一路上，我详细地给儿子讲述我是怎么认识这只缺毛兔子的，我并且知道它身上为什么会撕掉一片毛。

谢廖扎叔叔是我的朋友，也是一个猎人，住在村子边上，紧挨着树林。这只小兔子是他三个星期前在自家院子的醋栗树丛下面逮到的，那时小兔子只有一丁点大。这是秋生兔。每年母兔的第一胎兔崽在春天出生，那时雪地还有一些冰凌。这时出生的兔叫春生兔。第二胎在开始落叶的秋季出生，猎人们叫它们为秋生兔。

谢廖扎叔叔抓到这只秋生小兔，可高兴坏了。为什么？因为他家有一条叫作克廖帕尔达的看家狗，不久前生了一窝小狗。这些小狗他早就答应要送给熟人。可是怎么从狗娘的身边拿走小狗呢？平时，生性凶悍的克廖帕尔达都发疯似的见人就扑，别说拿走它的亲骨肉了。要让克廖帕尔达不恋念它的小狗，即使发脾气也不要过分凶恶，谢廖扎叔叔想出了一个用小兔调换小狗的办法。

他真的这么做了。

小狗们就待在一只箱子里。它们的母亲不在的时候，谢廖扎叔叔把小狗从箱子里取了出来，把小兔子放了进去。

克廖帕尔达没有伤害小兔子，它把小兔子认作自己的孩子了。小兔子让它感到安慰。它给小兔子叼来骨头和最好吃的肉块。小兔子要是吃了养母给的这些好东西，很快就会送命的。幸好，谢廖扎叔叔及时用牛奶和白

狮子和小狗

菜喂了小兔。克廖帕尔达也就没有能够教会自己的养子吃肉和啃骨头，不过却教给了它狗的勇敢。

克廖帕尔达是条很好看的家狗，它不让任何人接近主人的家——既不允许外人走近，也不也许别家的狗靠近。它的个头有母狼那么大。当凶相毕露，龇出獠牙向别家的狗迎头冲击的时候，几乎所有的狗不等被咬翻就夹起尾巴逃走了。

小兔长得很快。母兔喂养自己的孩子一般都不出两个星期。对兔子来说，出生两星期的小兔已经算是"很大的"了，应该自己去找各种可口的草吃了，还应该学会躲避狗的来袭。

这只小野兔虽然还很小，可它已经学会了从箱子里跳出来，跟在养母的屁股后满院子跑，它像小猴子那样各方面都模仿养母的动作。克廖帕尔达一抬步，它就跟在后面；克廖帕尔达向别的狗冲去，它也跟着；养母咬狗一口，它也设法去咬一口。你们见过没有，兔子的牙齿又长又锋利，树干都能咬断。狗要是被它咬上一口，毛都会从狗身上飞起来！狗能躲开克廖帕尔达都算不错了，哪里还顾得上小兔。小兔在狗面前也不再有任何畏惧心理。它不管在什么地方见到狗，都会冲上去咬，变得比狼还要勇敢。邻居家所有的狗都怕它三分。

有一次，一条远处来的小狗无意中进入了谢廖扎叔叔的院子，它既不认识克廖帕尔达，也不认识克廖帕尔达勇敢的儿子。

这时克廖帕尔达不在附近，小兔子喝饱牛奶后躺在箱子下面的干草堆上睡觉。小狗走近箱子旁边一看，是只小兔子，就向它扑过去。

狗跟兔子当然不一样。如果出生两个星期的兔子已算是"很大"了，而出生三个星期的小狗才刚能睁开眼睛哩。狗出生了三个月还被认为是条小狗呢。

这条小狗已经出生有四个月左右了,它还很笨拙。它很想抓到一只兔子,却不懂得怎样才能把事情干得聪明利落些,它还没有出门去打过猎呢。

小狗一跃身,向小兔扑去,用牙齿去咬小兔的腰肋!应该咬后颈或别的部位才好,可它咬的却是肋骨部位。

它撕下一嘴兔毛,在小兔身子的左侧留下硬币大小的疤痕,但它没能抓住小兔。小兔吓得突然高高蹦起,跳过箱子,眨眼不见了!这时克廖帕尔达也跑来了,小狗不得不趁着还没有出大事,赶快从院子里溜掉。

克廖帕尔达用舌头舔干净小兔的伤口。大家知道,狗的舌头比任何药都灵验,治疗伤口特别有效。这件事情发生以后,小兔不想再在谢廖扎叔叔家院子里待下去了。这天夜里,它穿过篱墙,逃进了森林。

没出三天,我们的杰姆在森林里逮住了它。

儿子听完我的讲述,他噘起嘴巴,差点儿哭了。他说:"哦,看来,您要把小兔送给谢廖扎叔叔。我原以为它会在我们家住些日子的。"

"好吧,"我说,"今天小兔就在我们家住。明天咱们去找谢廖扎叔叔,请他把小兔送给咱们。如果他不想要了,说不定会给咱们的。"

回到家里,我把小兔放在地板上。

它吱溜一下钻到屋角的长凳底下,躲在那里不肯出来了。

儿子给它倒一小盘牛奶,叫它出来吃:"秃毛,秃毛,快出来喝奶。这奶可甜哪!"

小兔子就不出来。

狮子和小狗

儿子爬到长凳底下去捉它，抓住后颈把它拖了出来。小兔后腿哆嗦着，吱吱叫个不停。

"小笨蛋，我们是人，不会欺负你的。"儿子对它解释说。

小兔子却灵巧地一扭嘴，用它的尖牙咬住了儿子的一个指头！这兔子的牙齿厉害，一口就咬出了血。

儿子大叫一声，放开了它。

小兔又跑回凳子底下去了。

我家那时还养着一只小猫，个头比小兔略小一点，它跑到盘子跟前不客气地舔光了全部的牛奶。秃毛不高兴了。它从凳子底下跳出来，一纵身向小猫扑去，咬了它一口！

小猫躲开它的进攻，小鸟似的飞爬到炉子上面。

儿子眼里噙着泪花，笑起来："咳，这算什么兔子啊！"

我们吃过晚饭，杰姆在自己的位置上，也就是那片摊在屋角里的小褥单上，躺下睡觉了。杰姆很累了，要知道，这捕猎老手在森林里找了一天的野物了。

这时，只见秃毛一瘸一拐地向杰姆走去。它坐到后腿上，用前腿擂鼓似的突然打起杰姆来！

杰姆跳起来，扭转脖子，唔唔地怒叫着，走到长凳底下去了，它不跟小动物打架。不过，把自己的窝让出来，它心里毕竟有些憋屈……

秃毛满不在乎地躺到了杰姆的褥单上。

过了一夜，第二天早晨起来时，杰姆还睡在长凳底下的光地板上，小猫也趴在炉台上，始终不敢下来。

写给孩子的动物文学

我问儿子:"哎,怎么样,咱们去找谢廖扎叔叔,请他把小兔送给咱们吧?"

儿子看了看小猫,看了看杰姆,又看了看自己包扎着的手指头,说:"爸爸,咱们最好还是把兔子还给谢廖扎叔叔,再也不要它回来了。"

我们就这样做了。真的,像这样的捣蛋鬼怎么能养在家里呢?它跟谁都要打架。杰姆的心肠够好的了,小兔跟它也相处不到一块儿,那还有什么话说呢?

我们把小兔送还给谢廖扎叔叔的时候,他说:"我也不想要这样的兔子了。你们从什么地方捉来,还送回什么地方去吧。"

我们不得不把野兔带回森林,在那里把它放了。小兔噗噗几跳,跑进了灌木林中,连"再见"也没说一声。

你们看,就有这样不安分的兔子!

狮子和小狗

〔俄国〕列夫·托尔斯泰

伦敦一所动物园里有一种野生动物展览,去观看的人可以付钱,也可以带小动物去喂笼子里的猛兽。

有一个人要去看野生动物,就到街上去捉了一条小狗,带到动物园去。动物园的管理人员让他进去看,小狗就被扔进狮笼里喂狮子。

小狗紧紧夹着尾巴,缩到笼子的角落里去。狮子走到小狗身边,闻了一阵。小狗躺着,四脚朝天,尾巴不停地摇晃。狮子提起一只脚爪扒拉小狗,要把小狗翻过来。

小狗一下跳起来,抬起前脚,站在狮子面前。

狮子不住地摇着脑袋,一会儿这边,一会儿那边地看着小狗,可就是没碰它。

当园主扔肉给狮子吃的时候,狮子撕下一块来,留给小狗。

晚上,狮子睡觉的时候,小狗就躺在它身边,把头枕在它的脚爪上。

从此以后,小狗就和狮子生活在同一个笼子里。狮子不碰它,跟它一块儿吃,一块儿睡,有时还跟小狗一块儿戏耍。

写给孩子的动物文学

　　一天，有一位绅士到动物园里来，认出了自己的小狗，要求园主把小狗还给他。园主愿意还他，但是，当人们要把狗从笼子里抱出来时，狮子就把通身的毛都竖起来，大声咆哮。

　　就这样，狮子和小狗在一个笼子里过了整整一年。

狮子和小狗

一年后，小狗得病死了。

狮子从小狗病死这天起，就不再吃东西，一天到晚对小狗闻闻，舔舔，还用脚去扒拉扒拉。

当狮子终于明白过来，知道小狗已经死了，就突然腾地一跳，竖起毛，甩动尾巴猛打自己的腰侧，一下接一下在笼栅上撞击，还咬铁栏杆、啃地板。

它一整天在笼子里烦躁地走来走去，不时吼叫一阵，然后在死狗身旁躺下，不动了。园主想把死狗取出来，但是狮子压根儿就不让人接近小狗。

园主寻思，要是另外给它一只小狗，它就会忘掉痛苦的。他这么想着，就真的去找了一只活狗来，放进笼子里。然而狮子马上把刚放进来的小狗咬死了，接着它搂住原先的狗躺在那里，一连躺了五天。

到第六天早上，狮子也死了。

叶列姆卡和小野兔

〔俄罗斯〕德·马明-西比里亚克

第一章 猎兔

"巴噶奇,巴噶奇"。人家这样叫老头。"巴噶奇"是"财主"的意思,可他小时候是个放羊娃,现在是个管园子的,而且是给人家看花园、菜园和果园,然而他从小就被这样叫。于是,就谁都这么"巴噶奇、巴噶奇"地叫他老人家——看来,他这一生就叫"巴噶奇"了。

"叶列姆卡,今天咱们要走运了。"巴噶奇老头听风在烟囱里呼呼吼叫,"风刮得这么紧。"

"叶列姆卡"是一只猎狗的名字,由于它出生在猎人叶列麻家里,所以就这样叫它。很难说清楚叶列姆卡是什么品种的狗,但它腿长,额宽,嘴尖,毛茸茸的似狼一样的尾巴在两条后腿间晃来晃去,大大的眼睛滴溜溜转个不停。它生下来时,猎人叶列麻看它一只耳朵像"树桩疙瘩似的竖着",而另一只耳朵却瘪塌塌地下垂着,不甚喜欢,就给了巴噶奇。奇怪了,它一到巴噶奇手里,虽说仍是一条小狗,却就显出了一种非凡的灵气。

狮子和小狗

"这可真是你的造化。"叶列麻笑着说,"它的毛色没说的,你看,像刚从水里钻出来那般油光铮亮,绝对是一条好公狗……可见,它也就命里注定该同你过日子,你们两个倒是蛮般配的。"

经叶列麻这么一说,人们倒真的觉得巴噶奇老头和叶列姆卡有许多相似之处,虽然一一说出来很困难。

巴噶奇高高的个子微微向前躬着,头很大,手很长,皮色略有些灰。他一生没成家,年轻时当过村里的牧羊人,后来才给人家看园子。看园子的生活他过得满滋润。他心里充溢着满足感:小屋子里暖暖和和的,吃饱穿暖之外,还有些外快——这说的是巴噶奇会修桶,木桶、便桶、大桶他全能修,还会给妇人们做扁担、编篮子、做草鞋,还能给娃娃们雕刻木头玩具。一年到头,他总是手不闲脚不停。因为他人随和、能将就,所以谁都愿意找他帮忙。

连日暴风雪,刮得天气很冷。初雪覆满冰冻的沟壑和坑洼。但论时序,现在还是秋季,冰时结时化,雪时落时消。

巴噶奇站在小窗口往远处眺望,忽然说:"哎,叶列姆卡,咱们今天要走运了。"

狗躺在地上,头搁在两条前腿中间,轻轻摆动了几下尾巴,表明它已经听懂主人的话了。它什么都懂,但它是狗,不能用人话回答主人。

已经是晚上九点钟了。巴噶奇从从容容地穿起衣服,他的职务让他必须在这样的时候去看看菜园和果园。他的分内事就是管住园子,不让白嘴鸦、椋鸟、画眉鸟,还有田鼠、土拨鼠和野兔来糟蹋他的园子。

地上和空中,你根本想不出会有多少糟蹋园子的家伙,从窝里、从洞

里钻出来。当然冬天要太平得多，冬天来糟蹋园子的就是野兔。

"兔子看起来非常胆小，"巴噶奇一面继续穿衣服，一面寻思着说，"而对冬天的庄稼危害最大……我说得对吗，叶列姆卡？兔子要多狡猾有多狡猾……啊，这雪就下个不停。不过这对于斜眼兔子来说，却是可喜的日子。"

巴噶奇摘下兔皮帽，扣在头上，拿起一根长棍子，再在长筒靴里插上把猎刀，多加防备没有错。叶列姆卡结结实实地伸了个懒腰，长长地打了个哈欠——它也不想在这样的夜里走出暖和的屋子，一头扑进寒冷中去。

巴噶奇知道，野兔就在河对岸的一片青旺旺的树林里窝藏着。

野兔冬天没吃的。它们就纷纷过河，到有人居住的地方来。这里有最对它们胃口的麦草垛，它们能从这里捡到遗落的穗子。钻进麦草垛里，它

狮子和小狗

们不受饥饿、不受风寒。麦垛子是它们的天堂，虽然村民对它们早已有所防范。野兔最喜欢的地儿还有果园，在那里，它们能找到最向往的享受，吃新鲜的果树苗——苹果树、李树和樱桃树的幼芽和嫩枝。这些东西吃起来脆，不像白杨树和其他树的树皮那样吃起来味道不好。人怎么防范，都会有它们得逞的时候。但是巴噶奇能对付它们，因为他知道它们的习惯、脾性和它们使用的诡计。巴噶奇的猎犬叶列姆卡惊人的嗅觉和听觉，使它能从容应对野兔的袭击。野兔穿着它们无声的软皮"靴子"偷偷跑过松软的雪地，可叶列姆卡躺在屋里就能听出来！

"叶列姆卡，只得难为你了，你下山去一趟！"巴噶奇瞥了叶列姆卡一眼，说，"你下山一趟……我嘛，我把兔子统统赶到你那里去。明白了吧……现在……现在我到谷草场那边去一趟，把野兔都赶到你那里去。"

叶列姆卡只轻轻尖叫一声作为回应。在山脚下捕猎野兔是它最乐于去做的一件事。大家知道，野兔前腿短后腿长，上山跑得很快，而下山，到陡峭溜滑的地儿，它们就干脆打滚，连滚带滑下山来。那么叶列姆卡就在山脚下悄悄躲着，就在兔子没有任何防备的当口，冲出去，一举将它们捉住。

"你喜欢逮翻滚下山的兔子，是吗？"巴噶奇对他的狗逗趣说，"那么，去吧。"

叶列姆卡晃了晃尾巴，不慌不忙地走出村口，从那里下山去。叶列姆卡很聪明，它不愿意在兔子常常经过的小径上留下它的脚印。野兔精着呢，一旦在它们惯常行走的小路上出现狗脚印，它们就会立刻警觉起来。

外面风紧雪狂，疯旋的雪花噎住巴噶奇的呼吸。他知道，这样的天气，这样的夜晚，连兔子也会觉得总是躺在自己温暖的窝里舒坦。但饥饿不是好玩的，躺一两天，躺三四天，饿得受不住了，就非得出来找东西吃不可。它们虽然是兔子，但肚皮却一样是不讲客气的。

巴噶奇走得十分吃力。如果不是叶列姆卡在山下等他的话，他甚至都想转回小屋里睡觉去了。这叶列姆卡是不能被欺骗一次的。巴噶奇今晚如果不去，那么下次它就不肯再去了。虽然叶列姆卡只是一条狗，但它既聪明，也高傲。有这么一次，巴噶奇平白无故地打了它一顿，后来好说歹说，不知向它道歉了多少次，这才渐渐弥合了裂痕——你瞧，多高傲的一条狗！现在它在村外山脚下静候着逮兔子哩。巴噶奇走近打谷场，用棍子捶打草垛，接着拍巴掌，再接着怪声怪气地学牲口喷鼻息。于是兔子被轰出来，它们就在田野上飞跑，跑得像风一般无影无踪。不过不要紧，它们一定会等待时机溜回河那边去的。然而在那边山下，叶列姆卡已经磨砺好牙齿，在等候它们了……

他听得狗轻轻叫了一声。

"叶列姆卡，你在干什么？"

巴噶奇循着狗吠声往河边走去，在那里，在雪地上，仰面躺着一只幼弱的兔子，有气无力地摆动着小脚爪。

"抓住它呀！"巴噶奇喊道。

然而叶列姆卡仍纹丝不动。巴噶奇走近前去看时，这才看清，原来是小兔子伤了一条前腿，所以才躺着。

巴噶奇站住了，他脱下压在头上的兔皮帽子，说："原来是这么一回事呀，叶列姆卡！"

狮子和小狗

第二章 把兔子带回家

小野兔就这么仰面躺着,丝毫没有想要逃脱狗嘴的念头。巴噶奇伸手轻轻碰了碰小野兔的腿脚,摇了摇头。

"你这是怎么弄的呀,叶列姆卡老弟?把它弄成这个样子,它还小呀!"

但是巴噶奇显然错怪叶列姆卡了。这小兔子是从山上冲下来时,自己摔伤的。

既然叶列姆卡——一个畜生,都不好意思用牙齿去咬这么一只摔残了腿的小兔子,那么,他作为一个人——心灵手巧的巴噶奇,就更不好意思去把这个毫无反抗能力的小野兽给杀死了。

叶列姆卡抬眼望了一眼主人,用疑问的口吻吠叫了一声,像是在说:"总得想个办法才是呀。"

"喔,叶列姆卡,咱们拿它怎么办?咱们把它带回到咱们小屋去吧。这个瘸腿的小东西,往哪儿躲呢——狼一来就会把它吃掉的……"

巴噶奇把兔子掂在手里,往回走。叶列姆卡拖着条狼一样的尾巴,一步不落地跟在主人身后。

"啊呀,叶列姆卡,咱们不得不来开个兔子医院了。"巴噶奇仿佛自言自语,又仿佛是同狗商量。

回到屋里,巴噶奇手脚麻利地把兔子放在板凳上,把折断了的兔子腿包扎好。

巴噶奇还在他当放羊娃那会儿,就学会了给羔羊包扎和疗伤了。

叶列姆卡目不转睛地看着主人给小兔子治疗，它有好几次跑近了兔子，嗅了一阵，又跑开了。

"哦，叶列姆卡，你可别吓着它，"巴噶奇对狗说，"等它在咱们屋里待待习惯了，你再来嗅它。"

伤兔像是断了气似的，一动不动地躺着。它白白净净，只有两只耳朵的尖端好像抹上了一点黑。

"怎么一下没想起来，应该给这可怜的小东西吃点什么啊。"巴噶奇想。

但是小兔子什么也不吃。

"准是吓的吧，"巴噶奇在心里解释说，"明天，明天我给它弄些新鲜萝卜和牛奶来。"

巴噶奇要给小东西做个温暖的窝，他就在板凳下方铺上些破布，然后把小东西轻轻放在柔软的窝里。

"叶列姆卡，我跟你说好了，你不许吓着它了。"为了警告狗，他用手指做了个威胁的样子，"你要知道，它伤残着。"

叶列姆卡走近兔子，往小东西身上舔了一下，表示：主人，你尽可放心，我不会伤害一只残弱的兔子的。

"那么，叶列姆卡，那么说，你是不会欺负它了是吧？欸，就该这样啊……你原本是聪明的狗，什么都懂，就是不会说话。用不了多久，咱们就会有一只健康活泼的兔子了。"

夜里，巴噶奇总也睡不踏实。他一直留神听着叶列姆卡是不是偷偷跑到兔子身边去。虽然它是条聪明的狗，也已经做过承诺，但狗毕竟是狗啊，不能完全放心它：它会不会忽然又去抓兔子呢？

狮子和小狗

"哎,这叶列姆卡也怪了,"巴噶奇在床上辗转反侧,觉得有一个谜他总也解不开,"它怎么能瞅着兔子不动心呢?要知道,它咬过的兔子还少吗?上百只,只多不少了。不是突然傻了吧?"

巴噶奇终于睡去了。但在睡梦中,他看见被他们打死的兔子。可是当它醒过来,只听见屋外寒风呜呜地狂啸。他忽然觉得他和叶列姆卡协力打死的所有兔子,都来找他们算账了,它们向小屋跑过来,它们在雪地上打滚,它们用前爪捶打他小屋的门。老人要去看个究竟,就从炕上下来,走向屋外。屋外什么也没有,只有寒风呼呼刮着,声音很吓人。于是他又重新回到了炕上,迷迷糊糊睡着了。

第二天他醒来得很早。他去拨旺了炉子,把稀粥、剩汤搁到火上熬。

兔子还跟昨天一样,一动不动地躺在板凳下,像死了一样,不管老人给它塞去什么食物,它都一概不碰。

"瞧我,求你还不行吗?"老人有些失去耐心了,

"来,喝点荞麦粥,你的腿就会慢慢长好的。我的粥香着呢,叶列姆卡都很喜欢吃的。"

巴噶奇收拾收拾屋子,吃了点东西,就到村里买东西去了。

"你看好了,叶列姆卡,"他叮嘱说,"不多一会儿我就回来,你可别碰兔子!"

老人走了以后,叶列姆卡没有去碰兔子,不过它把老人给兔子吃的,什么黑面包啦、稀粥啦、牛奶啦,统统一扫而光。它还过去舔舔兔子的脸,以示感谢。随后它又从屋角拖出一块它自己收藏着的不新鲜的、光溜溜的骨头,来奖赏兔子——叶列姆卡总是吃不饱,就是吃下一只兔子,它也总

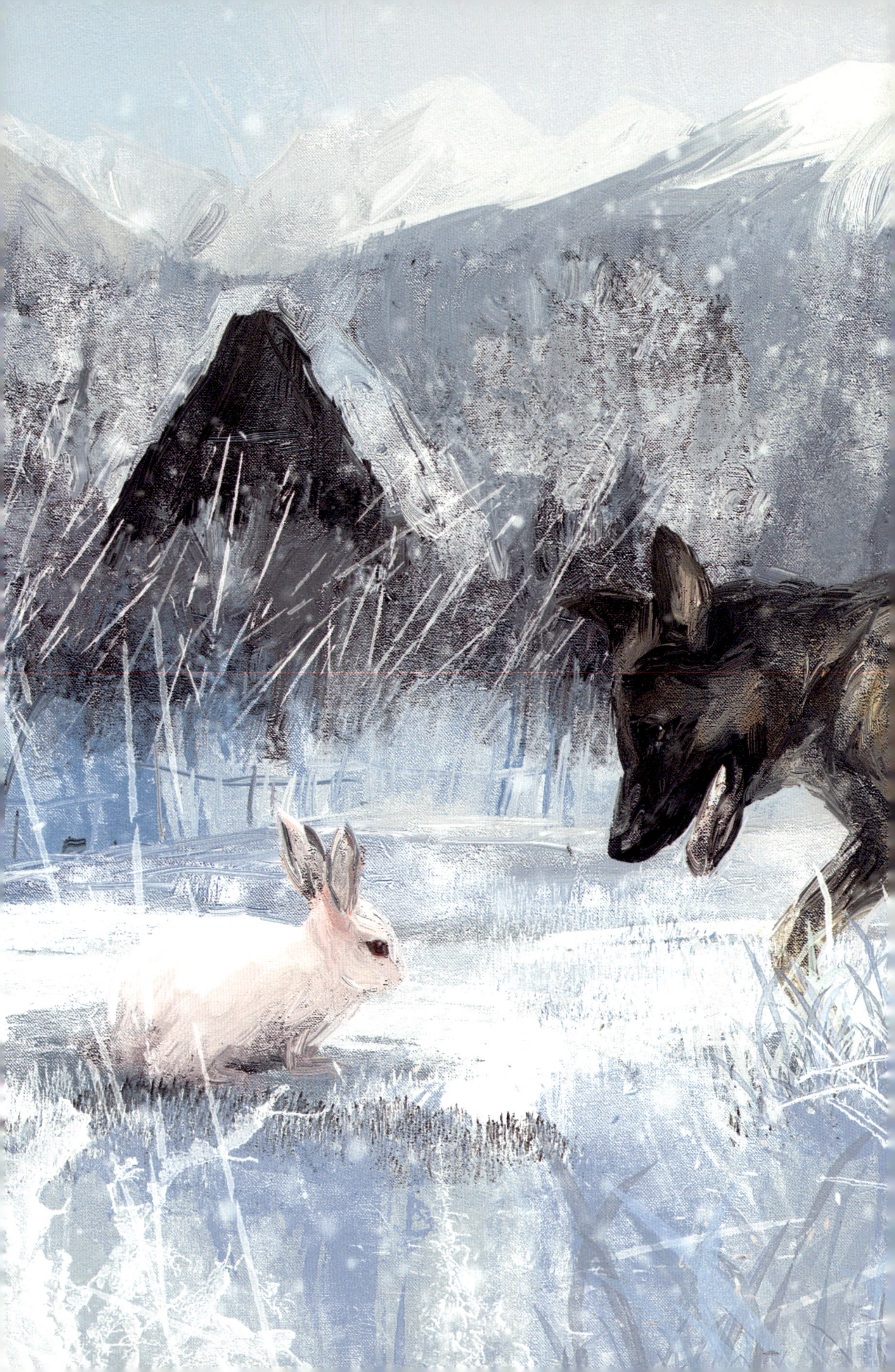

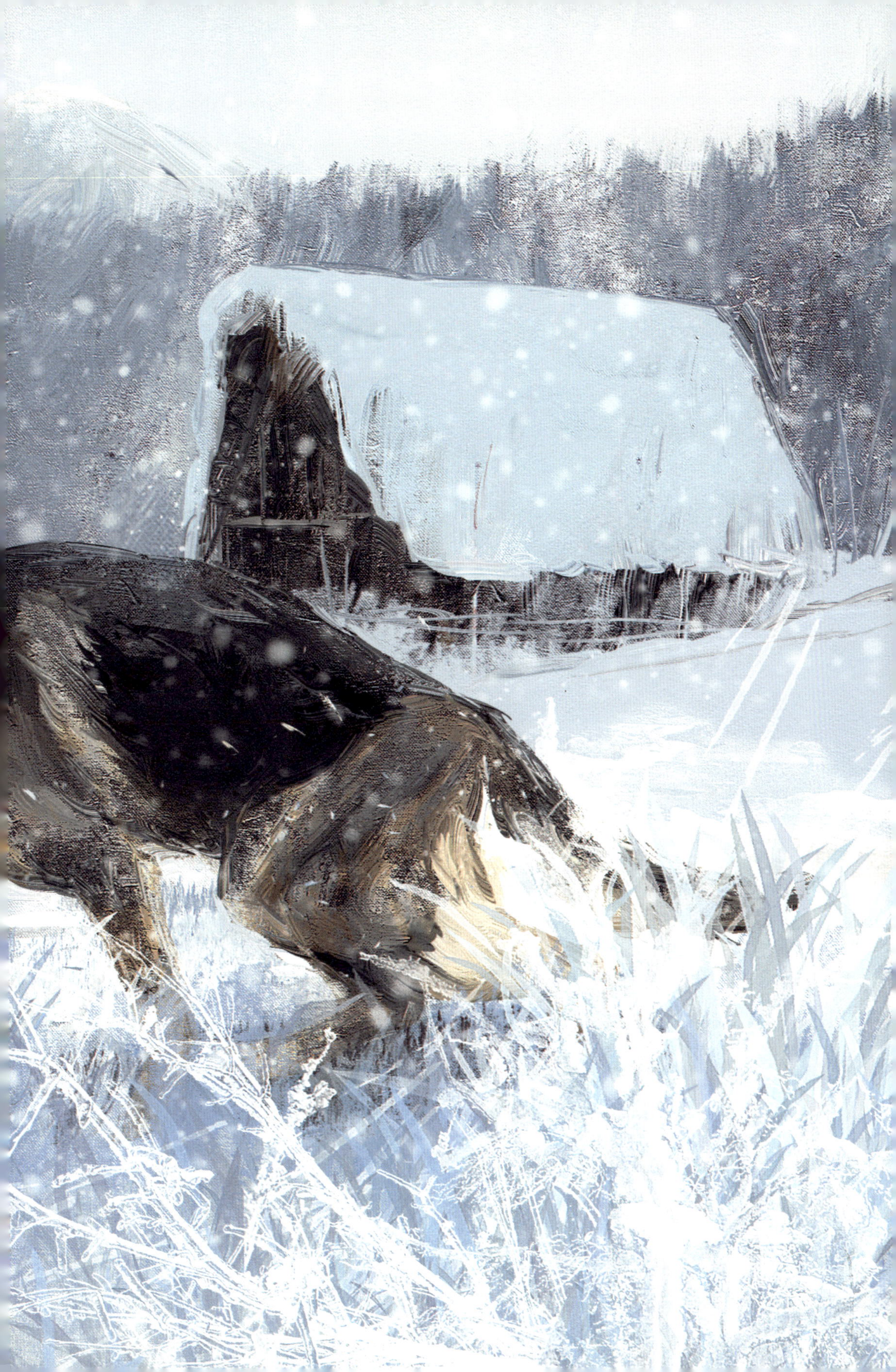

写给孩子的动物文学

嫌不够，所以尽管只是一根光骨头，它也好好收藏着以备肚饿时充饥。

老人回来一看，以为东西都被兔子吃了，就不住摇头：这兔子就是奸猾，请它吃，它看也不看，可人一走，它就吃了个精光。

"斜眼骗子！"老人惊讶地说，"你瞧，我给你带什么礼物来了！"

他从怀里掏出几根胡萝卜、一条白菜茎、一根蔓菁和一棵甜菜。叶列姆卡看着，无动于衷地躺在那里，一动不动，好像什么也没有看见。可是当它想起从兔子那里吃掉的东西时，它余味未尽地伸出舌头，环嘴巴舔了一圈。巴噶奇一看它的舌头动作，立刻明白：自己上当受骗了，于是就破口大骂："你吃一百年也吃不饱！"

但当老人转身看见兔子面前摆着一根骨头时，巴噶奇不禁放声大笑了："这个叶列姆卡，还知道请客哩！"

兔子休息了一夜，就不再害怕了，也缓过了精神。当巴噶奇给它胡萝卜时，它立即贪婪地吃了。

"哎，老弟，这样你就会好些了！我这胡萝卜可不是叶列姆卡那啃光了肉的骨头哟。你接着再尝尝蔓菁的味道吧，也会很对你的口味的。"

小兔子像吃胡萝卜那样贪婪地吃完了蔓菁。

天亮时，老人听得有人叩他的门，还有孩子轻微的声音："巴噶奇大爷，开开门……哦，快冻死了！"

巴噶奇打开笨重的木门，放进来的是一个七岁光景的小姑娘，脚上穿一双大毡靴，身上穿一件她母亲的短皮袄，头上裹一方陈旧的头巾。

"啊呀，是你呀，柯索莎……哦，你好啊，我的小鸟儿。"

"我妈妈让我送牛奶来……不是给你，是给小兔子的……"

狮子和小狗

"谢谢你,小美人……"

他从小姑娘手里接过一小罐牛奶,轻轻放在桌子上。

"这样,我们就过节了。柯素莎,你到这边来暖和暖和,冻坏了吧?"

"真冷……"

"把外衣脱下来。你来做我们的小客人,我们太高兴了。你是来看小兔子的吧?"

"当然是咯!"

"你以前没见过兔子吗?"

"怎么能没有见过?不过我看见的是夏天的兔子,那时候的兔子是灰色的,可您这一只,通身雪白雪白。"

柯素莎脱了外衣。现在可以看出,她是一个地道的乡村小姑娘,脸蛋儿黑黑的,鼻子细细的,垂一根小辫子,细瘦的手和脚。从她身上的无袖长衫就更能一下看出,她妈妈是依乡村习俗给小姑娘穿衣打扮的——这样既方便又省钱。柯素莎捣着脚,蹦跳着取暖,呵着气,暖和自己的手指,然后走到小兔子身边。

"哦,大爷,多好看的一只小兔子啊!通身白的,只有耳朵上镶一条黑边。"

"冬天的这种白兔子,都是这样的,都是白耳朵上一点黑。"

小姑娘紧挨着小兔子坐下来,不停地抚摸它的背。

"它的腿为什么用破布扎起来呀,大爷?"

"腿断了,这样可以让它的骨头长好。我给它包扎的。"

"大爷,它该很疼吧?"

"当然很疼的。"

"大爷，它的腿还能长好吗？"

"要是它能这么静静躺着，过些日子就会好的。你看它躺着一动不动——它多懂事啊！"

"大爷，它叫什么名字？"

"这兔子吗？哦，就叫兔子吧，就这样叫。"

"大爷，兔子，都说的是那些壮壮实实的在田野上奔跑的兔子，可这只瘸腿兔子也这样叫吗？我们那里有只猫叫'玛莎'来着。"

巴噶奇一时不知怎么说，他一下陷入了沉思，他用惊讶的目光瞅了瞅柯素莎——她不知道这世上没有给起名字的兔子多着呢，不过柯素莎说的也在理呀。

"听你这么一说，小鸟儿……"他一下想不好，只是随口说，"真该给它起个名儿呢，不然兔子很多……哎，柯素莎，那你给它起一个……好吗？"

"黑耳朵。"

"好名字啊！你可真聪明！那么你就算是它的教母了——起名的，就是教母。"

瘸腿兔的消息一下风传开了，于是整个村子的男女老少就无人不知巴噶奇有只受过伤的小兔子，好奇的村童们一下都聚集到了巴噶奇屋子门口。

"大爷，您的兔子给我们瞧瞧！"他们请求说。

巴噶奇不高兴了。如果把所有的孩子都放进屋来是做不到的，屋子容纳不了这么多孩子；但一个个放他们进来，这么冷的天，门老开着，屋子

里就要没有热气了。

老人走到台阶上，对孩子们说："我不能给你们看兔子，因为它的腿没有好利索。等它的腿全好了，你们再来，现在大家快回家去吧。"

第三章 聪明的黑耳朵

两个星期后，黑耳朵的腿痊愈了，新的骨头很快长好了。现在它已经不再胆战心惊过日子了，它在屋子里跳得可欢势了。黑耳朵很想到外面去，过自由自在的生活，所以每次开门时，它都在门口守候着，等待出门。

"不行，老弟，我们不会放你的。"巴噶奇对它说，"为什么你要到野地里去挨冻呢——还找不到东西吃？跟我们一起生活到春天，那时你要到田野里去，就去好了。只是别让我和叶列姆卡再碰上你。"

不用说，叶列姆卡也是这么想的，它躺在紧靠着门的地方。黑耳朵想从它身上跳过去跑出门时，它就露出它雪白的獠牙，吠叫起来。不过现在黑耳朵压根儿就不怕它，它天天跟叶列姆卡一起玩，巴噶奇笑得眼泪都流出来了。叶列姆卡身子伸得长长的，躺在地板上，闭目养神，好似睡着了，其实没睡，黑耳朵就从它的身上跳过去。

有时兔子玩得忘乎所以，跳跃时脑袋撞到板凳上，就按照兔子的方式，像打猎时受致命伤那样哭叫起来。

"真是个小娃娃，"巴噶奇好生奇怪，"哎呀，黑耳朵，你不可怜可怜你自己的脑袋，也得可怜可怜这板凳不是，它没错呀！"

写给孩子的动物文学

可兔子并不因此安静下来。叶列姆卡每每追赶兔子玩,总是忘情地投入,一旦它张嘴吐舌,装出一副凶相,兔子就总能巧妙地躲开它。

"怎么,叶列姆卡老弟,你竟玩不过它呀?"老人拿狗笑话说,"你老了,人家灵活!你这是白白累了你的腿啊。"

村子里的孩子常常跑到巴噶奇的屋子里来找兔子玩。他们也给它带来各种吃的东西。有的带来蔓菁,有的带来胡萝卜,有的带来甜菜和马铃薯。

黑耳朵怀着感恩的心情来享用这些礼物,立即动嘴贪婪地吃了。它用前腿抓住胡萝卜,闷下头去大口大口地啃,它的食量很大,大得让巴噶奇都吃惊。

"吃了孩子们这么大堆东西,它都往哪儿装呢?这家伙个儿不大,但竟吃得下这么多!"巴噶奇很纳闷。

柯素莎自然比其他孩子来得次数更多,其他孩子现在都叫她"兔子教母"。黑耳朵对她也特别熟络,特别亲热,她一来就爬到她身上,睡在她的膝盖上。但是,兔子有兔子的玩法,有一次,黑耳朵闪电般地从她脚边哧溜一下蹿出门去,把柯素莎和叶列姆卡都弄得莫名其妙。

柯素莎哭了。

"柯素莎,别哭,它还能蹿到哪里去!"

"我们村里的狗会把它撕烂的,大爷!"

"它不会跑村里去的,它一蹿就到河边,回它的老家去。它会告诉它的家人,它在这里生活得好好的——有住的,有吃的,一切都顺心。它跑开一会儿,玩上一阵,到想吃东西的时候,就会自己回来。"

兔子教母泪眼婆娑地回家去了。

狮子和小狗

老人对自己说的也不敢有多大把握：给狗撕烂，或是留在自己家里不再回来，这都是可能的吧。

叶列姆卡见它溜出门去，就去追它，却灰溜溜地耷拉着尾巴回来了：黑耳朵被追丢了！

傍晚时分，还不见黑耳朵回来，巴噶奇老人急了——黑耳朵能这样一去不归吗？叶列姆卡挨门去躺着，竖着耳朵静听每个细微的响动——它也在等黑耳朵回来呢。

等啊，等啊。到了晚上，巴噶奇都要上炕睡觉了，却听得叶列姆卡快乐地叫了一声，快乐地向门口扑去。

"啊，黑耳朵回来了！"

没错儿，是黑耳朵。它从门槛上直扑厨房，咕嘟咕嘟喝起牛奶来，接

着又吃了一棵白菜心和两根胡萝卜。

"哎，老弟，你去做客，人家没好好款待你呀？"巴噶奇不无讥诮地说，"啊，你这个小东西！你把你的教母给惹哭了知道吗？"

叶列姆卡寸步不离地站在兔子身旁，亲热地摇动尾巴。

黑耳朵头也不抬地把盘子里的东西都吃光了，叶列姆卡舔着它的脸，开始为它找起虱子来。

"一个炕上睡着挤是挤些，而分离却彼此思念得慌。这古话说得一点不错啊。"巴噶奇躺上炕的时候说。

柯素莎次日一大早就跑来了，她抱着黑耳朵吻啊吻啊。

"你这个可恶的小东西！"她骂黑耳朵，"以后可别说跑就跑了哟，你想跑就跑，村里的狗会把你给撕烂的。听见没，小傻瓜？大爷，我们说的它都懂呢。"

"以后它不会随便跑了。"巴噶奇觉得柯素莎小姑娘说得对，"现在它知道什么地方有东西给它吃。"

这件事发生过后，大家就不再监视黑耳朵了，任它跑出去玩吧，任它在雪地上瞎跑吧。兔子生来就要跑的。

这样过了两个月，黑耳朵大变样了：大了，胖了，身上的毛都油光发亮。凭它爱蹦爱跳爱跑的习性，它给大家带来了许多快乐。巴噶奇也觉得今年的冬天过得特别快。只是有一样不好：巴噶奇不好当黑耳朵的面，去成十成百地把死兔子带回来——那样做，良心过不去坎儿呀，虽说兔子繁殖快，数量多，还总糟蹋庄稼，糟蹋幼苗，爱恶作剧，有些行为很卑劣。

三月到了，第一批白嘴鸦回来了。当屋檐上挂起一排排晶亮的冰棱时，

狮子和小狗

树木的新芽迅速膨胀起来；当地面化尽了雪，露出沃土的时候，枝头上的蓓蕾也充满了浆液。天地间的一切都像迎接节日似的，准备迎接夏天的到来。独独就黑耳朵，只有它不快活——它越来越频繁地跑出去。它瘦了，也不玩闹了，回家来总是吃饱了就睡觉，闷在窝里睡觉。

"它在换毛，所以感觉特别烦躁郁闷。"巴噶奇解释说，"就是因为这个缘故，猎人春天都不打兔子，因为它们都瘦筋筋的，毛皮像被虫蛀过的一般。没有好肉，没有好皮，打它们有什么意思！"

黑耳朵真的开始换去冬天的白毛，背上的毛已经是灰色的了，耳朵和脚的毛也变灰了，只有肚皮还是白的。它喜欢出去晒太阳，一晒就老半天。

有一天，柯素莎来看黑耳朵，可是黑耳朵已经三天不在家了。

"现在它觉得树林里比家里好，所以就不回来了。这个黑耳朵！"巴噶奇对苦着脸的柯素莎解释说，"现在，兔子们在树上有吃不完的幼芽，在化了雪的地方能撕吃到青草。黑耳朵在外面的日子过得好着呢。"

"可是我还给它带来了牛奶，大爷……"

长凳下的兔子窝空了几天了，叶列姆卡对黑耳朵的思念一天甚似一天，常常对着长长凳下的空窝汪汪吠叫。

"黑耳朵真不好，大爷。"柯素莎噙着泪花儿说。

"有什么不好呢？它不就是只兔子嘛。是兔子，夏天就要出去，到树林里吃，到树林里玩。到冬天，没什么好吃，它自己就自然回来了。嗨，它不过是一只兔子啊。"

有一天，黑耳朵又回来了，但这一次它没有走近巴噶奇的看守棚，只是在远处凝神结想，呆呆地望着巴噶奇的小屋。叶列姆卡跑到它身边，舔它的脸，吠唤着，好像是在请它进屋来做客，但是黑耳朵不肯进。巴噶奇向它招手，然而它就待在原地，一动不动。

第四章 不再回来

夏天说来就来，黑耳朵总也没有回来。巴噶奇心里不高兴了："莫非顺便拐过来看一看也不行！它不就是吃吃玩玩嘛。"

柯素莎也生气了，也感到很伤心，因为整个冬天，她在这没良心的兔子身上投入了多少爱啊。

这位曾经的朋友的做法，也让巴噶奇生气。

夏天过去了。秋天来了。下霜了，起冻了。落了一次鹅毛般的小雪花。黑耳朵始终没有出现。

"黑耳朵会回来看看咱们的。"巴噶奇这样安慰叶列姆卡说，"你就等着好了，得到雪把一切都盖住了，没有东西吃的时候，它就会回来的。我说的准错不了。"

然而，初雪过后，黑耳朵没有来。巴噶奇甚至犯起愁来了。其实这算得了什么呢？连人都不完全靠得住，何况兔子呢——兔子就更不能相信了。

有一天，巴噶奇在自己的屋旁干活，忽然听得远处有喧哗声，接着听见了一阵枪声。叶列姆卡竖起耳朵警觉起来。

"天哪，这是猎人们在追猎兔子呢！"巴噶奇凝神倾听从河对岸传来的枪声说，"错不了。啊呀，枪声响得多紧！唉，他们会打死黑耳朵的！

狮子和小狗

完全可能!"

老人连帽子也没戴,就这样光着脑袋向河边飞奔而去,叶列姆卡在他前面跑得像一支离弦的箭。

"噢,他们会把它打死的!"老人这样重复地自语着,他跑得吁吁的,喘不过气来,"又在开枪了!"

巴噶奇从山上看下去,猎人们围猎的场面看得一清二楚,兔子出没的树林和草丛边,猎人们端着枪等距离站着,围猎的圈子在一点点缩小。

大哨子尖声啸叫着,一片令人发悚的嚷叫声、呐喊声。一些惊慌失措的兔子已经从树林里出来了。

射猎的枪声爆豆似的响着。

巴噶奇用嘶哑的喉咙叫喊:"哎——老乡们,等等!你们这样打,会打死我的兔子的!噢,老乡们!"

他离猎人们很远。他们什么也听不见。但是巴噶奇继续喊叫着,边喊边挥动手臂。等他跑到,围猎已经结束。十来只兔子被打死了。

"老乡们,你们打死我的兔子了吗?"

"什么样的兔子?"

巴噶奇把所有被打死的兔子都查看了一遍,里边没有黑耳朵。所有的兔子腿脚都是没有毛病的。

猎人不由得哄笑起来。

"我们的巴噶奇是有些糊涂了。"猎人中有一个开玩笑说。

本来,巴噶奇本也该出去寻猎野物了,可是他老拖延着。现在他觉得每只从他眼前跑过的兔子,仿佛都是黑耳朵。

"叶列姆卡能嗅出它来吗？狗有这种本领的，能在千百只兔子中认出它们的黑耳朵来。"他寻思着，就拿定了主意，"应该去试一试！"

说干就干。有一天，天气很不好，巴噶奇就带着叶列姆卡出去打猎了。狗似乎不太情愿下山，它一次又一次地回望主人。

"去，快去，甭想偷懒！"巴噶奇吆喝着。

他绕着打谷场追赶兔子。一下蹿出十来只兔子。

可是叶列姆卡反倒在山脚下蹲了下来，吠叫着。起初老人以为狗忽然疯了，后来才知道，原来是叶列姆卡无法辨认这些兔子了，它们好像每只都是黑耳朵，巴噶奇生气极了，但很快他就想明白了，说："叶列姆卡，虽然你只是一只狗，但是你做得对。咱们不能再猎杀兔子了。我不能再干这活了。"

巴噶奇辞掉了守园人的工作。

外家仔

〔俄罗斯〕韦·恰蒲丽娜

寒冬二月，在大冷的日子里，苏格兰牧羊犬佩里产下了一窝崽子。谁也不知道，它和小狗该怎样对付这寒冷的天气。这样冰天雪地、寒风刺骨的日子里产下的狗仔，是不会有一只能侥幸存活的。

佩里摆脱不了失崽的痛苦，心里一直很难过，日子过得了无生趣，所以既不吃也不喝。它的奶胀得很厉害，隐隐生疼。我于是决定给它弄一只小野狗来，作为它冻死的小狗的替补，想以此来减轻一些它失崽的痛苦。

小野狗来自澳大利亚。小野狗的妈妈生了六只小狗。其中五只结实又强壮，就最小的一只，瘦筋巴拉的，个头也特别小。狗娘对它的关照最少，不经常奶它，不关心它的冷暖，有时候，当小东西来亲近它的时候，它还拿鼻子拱开它。

这只小野狗当然因此就长得体质虚弱。它比哥哥姐姐们睁眼都要晚，学走路也就随之迟了许多日子。就为这，我决定把它送给佩里。

然而，我不能马上说送去就送去。不那么简单。我得把失崽狗娘弄到另外一个地方去。在大象馆旁边正好有个空房间。我在那空房间里隔出一个角落，铺上干草，弄得暖暖和和的，让佩里住进去。

佩里在空屋里转了一圈，角角落落都走到，看看，闻闻，然后才在我给它安顿好的地方放心地躺了下来。这时候，我才把澳大利亚小野狗捧进来。佩里起先对这只小狗很冷淡。这只小狗比佩里亲生的小狗要大得多，毛色也完全不同。小狗跟着佩里跑，主动跟它亲热，而佩里却生气地呜呜叫着走开了。我不敢把它们放在一起过夜，只得把屋子隔成两半，一半小狗住，一半佩里住。我走了出去，却并不立刻离开，而是隔着窗户看了好几次。

小狗的半间屋里空荡荡的，它觉得很孤单很寂寞。没有在妈妈身边，它感到很冷，没有母亲的胸怀，它很不习惯，它不由得吱吱尖叫起来。显然，在另半间屋里住着的佩里感到很不安。不知道是小狗的尖叫声让它想起了自己失去的骨肉呢，还是油然动了母性的感情，它几次从原地站起来，走到被隔开的角落边，它很想去舔舔小狗。

早晨，当我从窗口往空屋里看，我看见佩里已经不在原来的地方，它躺在隔板的旁边，而小狗在隔板的另一边睡觉。

于是我走进去，干脆把隔板拿开。小狗马上向佩里飞快跑过去。一天没有喝到奶，它饿了，就用小嘴拱佩里的奶头，同时摇动着小尾巴，轻轻地叫着。这回，佩里对小狗不排拒了。它躺着，而小狗兴奋得蹬动四脚，拱着佩里的乳房吧嗒吧嗒地嘬吸起奶来。这下，我放下了心。佩里已经收下了小狗。我们给小狗取了个名字叫"外家仔"。

佩里呵护小野狗，比小野狗自己的母亲要好得多，奶水还足足的吃不完。小狗的体质明显好转了。它快活了，它的眼眶不再泪汪汪的了，身腰身背明显胖了。它完全不像过去那副瘦弱、气虚的样子，它又活泼又机灵。

狮子和小狗

它四处乱钻，每个角落都去闻过来，弄得屋子里什么都不能放了。有一次外家仔爬到桌子上，撕坏了我的日志。后来，我把日志收起来，它却又来打翻我的墨水，淌得到处都是，你看它染了紫蓝墨水的身子！我都差点儿认不出它来了——紫色把小狗变成小黑狗了！我把它按在盆子里，给它一番好洗，它尖叫着。佩里跑过来跑过去，不明白我们发生了什么事。每当有人碰它的小狗，它就神情不安。自己人碰它的小狗还好一点，要是外人来碰它的宝贝，它就冲上去咬他。有一天，一个电工来修电灯，他爬上梯子就不敢下来了。弄得电工好狼狈哟，直到我回来，他才从梯子上下来。

佩里对小狗好是好，但总还是收养的，总不如亲生的好。

写给孩子的动物文学

不过外家仔不太在乎。它是一只独立性很强的小狗。我带它出去散步，它竟不跟我跑，而像它这样还在幼年的小狗，应该是喜欢跟人的，人走到哪里，它就跟到哪里。外家仔倒是相反，得我跟着它跑，它想去哪里我就得去哪里，它想干什么我就得跟着它干什么，我叫它，它不理，不管见到什么东西，总喜欢过去闻一闻，翻一翻。外家仔的嗅觉灵敏得出奇，老远地方的雪堆下有什么鲱鱼头或肉骨头，它都能闻到，跑过去挖出来，拖回家去，像得了什么宝贝似的，紧紧藏在草垫子底下。

外家仔老爱去吓唬动物园里的其他野兽。大象房旁边的山上住着一些西伯利亚大角山羊——这种野山羊跟普通山羊差不多，就是角要长得多，

狮子和小狗

个儿更大些，毛色发灰。有时候我带外家仔路过那里，野山羊们往往爱跑到铁栅栏旁来玩，用它们又大又长的硬角来吓唬小狗。可小狗不但不怕它们吓唬，还会去捉弄它们，逗它们玩！它见到野山羊，先匍下前爪，跳到一旁，或者装出吓得要跑的样子，当受骗上当的野山羊挨它很近时，它就突然奋身跃起，去咬它们一口。它还去吓唬、去咬那些打盹的野山羊。

有一天，它想去欺负一只小野山羊，可这只小山羊也非寻常之辈，它不怕，不逃，不躲，而是撑起后腿站了起来，突然把头一摇，冲外家仔顶去。它尖叫一声，慌忙躲开，才算没有吃亏。羊角小是小、细是细，但是很尖。外家仔夹起尾巴逃开了。从那以后它再没敢去欺负野山羊。

到了五月，外家仔就从一只笨拙的、耷拉着耳朵的小狗出落成一只漂亮的、身材匀称的大狗了。它的耳朵直耸耸地支棱起来，像野狼的耳朵，棕黄色的毛油亮亮的放出光来。它不再吃佩里的奶了，但跟佩里依旧是那样亲昵。

然而外家仔对游人可变野了，尤其是对男性，它不但不跟他们亲热，还对着他们发出可怕的呜呜声。这可能是平时照料它们的都是女性的缘故。现在，它很少出去散步，不像以前，我常放它和佩里出去四处随便玩，现在我也不敢了。

活泼、机灵的外家仔整天待在屋里难免很无聊。它烦不过，就啃起椅子来，或是拿爪子抠墙壁。我们只好把外家仔和佩里搬到新区去住。我们在新区的一幢小木屋里腾出一间房子给它们住。

把它们安顿到那边去，它们觉得很自在，因为它们可以在所有的屋子里跑着玩，有时候还跑到饲料房里去玩。

外家仔到那边以后，就更放肆了，简直无法无天，爬到桌子上去乱抓东西，就是一小块肥皂它也想拖走。我只好用一块湿抹布把它撵出饲料房去。

到外头去散步，外家仔的作风与佩里截然不同。佩里总是慢吞吞的，端庄稳健，而外家仔则吱溜一下穿进草坪，又吱溜一下跳上花坛，不是刨坑，就是在泥地里打滚。每次出去散步都弄得从头到脚黑不溜秋的，浑身肮里肮脏才回来。我几次想把它关到笼子里去，但那样佩里会很可怜，佩里和它都会彼此想念。

外家仔和佩里因为一个偶然的原因到底还是分开了。它们的分开虽然意外，却很自然。

有一天，澳大利亚犬迁入空圈的时候，路过我们的屋子。这些澳洲犬本来就是外家仔的兄弟姐妹。它一见它们，神就一下提了起来。它向佩里转过身去，伸嘴去碰了碰佩里，似乎是劝它一起跟它们走。但是佩里没有动心，它没有走，它不是它们家族的一员。

外家仔几次犹豫着跑过去，又跑回来。后来，它突然跃身一跳，跑向了它自己的血亲兄弟姐妹。

佩里又孑然一个了。它看着外家仔的背影站了一阵，终于还是慢慢转过身来，慢慢走回家去。佩里当养母的日子，就在这样一次与一群澳洲犬的意外相遇中，自然而然结束了。

狼养大的狗

〔俄罗斯〕韦·恰蒲丽娜

第一章 小狗爬进了狼舍

动物园里,一只笼子里蹲着一头母狼,而相邻的一只笼子里蹲着一只牧羊犬种属的母狗。

母狼和母狗只相隔一道铁栅栏。凑巧的是它们都快要产仔了。它们差不多在同时生产,几乎在同时当了妈妈。两个妈妈对自己的娃娃都宝贝又宝贝,于是才发生了下面我要告诉大家的有趣故事。

有一天,狗妈妈贪馋地啃一根骨头,正啃得起劲呢,小狗当中最小的那只,也是最淘气的那只,爬离了妈妈身边。这小家伙还特别倔,就一个劲儿地蠕爬着,扭动着,直挪到了动物笼子的铁栅栏边,恰好那儿的栅栏铁条有个弯头,缝隙宽些,这个缝隙足够它的身子挤过去。好了,它现在来到隔壁狼住的笼子里了。

饲养员一见就急了,想要把小东西给弄出来。他拿来一根带钩的长铁棒,从栅栏铁条间伸进去钩小狗,把它钩到自己跟前来。母狼这时候一眼不眨

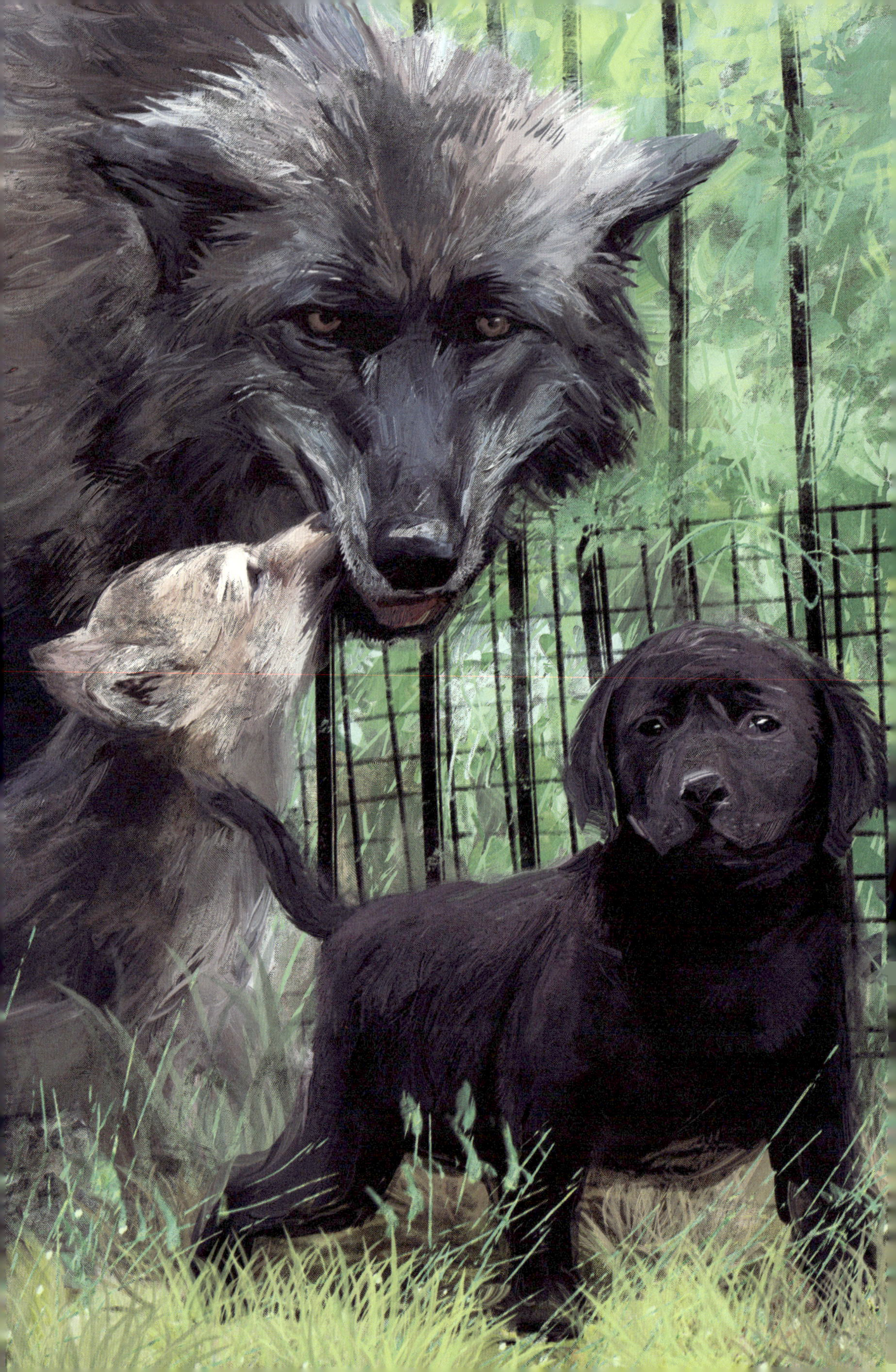

紧张地看着小东西每一个细微的动作。好几次,它都想向小东西扑过去,却每次都被铁棒吓住了。

眼看小狗就要被饲养员钩到笼子边上,母狼突然扑上前去,一嘴把小狗叼住。母狼这突如其来的动作让饲养员吃了一惊。他怕母狼这样叼着会让小狗窒息,就赶忙设法去救。他大吼一声,同时拿铁棒当当当敲栅栏铁条,让母狼放下小狗。不料母狼不但没有丢下小狗,反而把它叼到笼子的角落里,放在小狼中间。

于是,小狗就留在了狼舍里。

小东西身脚灵巧,通身黑黑的,一眼就能看出,它跟它的狼兄狼妹不一样。它的个头是比它们小得多,然而发育得却比它们快得多。

它比小狼先会吃奶,先会站起来,先会吃肉。

小狼、小狗们长大了一点以后,就开始嬉闹。嬉闹中也能看出这只小牧羊犬比小狼更活泼,更机灵。

小狗越长越野。有时候饲养员进笼子,它就第一个躲到角落去;饲养员把手伸过去,它就一声不吭地龇出白生生的獠牙,对他怒目盯视。

第二章 确实是厉害

小狼满两个半月了。它们已经不吃母奶,就只吃肉了。不久,它们就被挪离它们的狼妈妈,搬进了小动物饲养场。小狗于是也随小狼们一起来到了小动物饲养场——这里有小狐狸、小熊、小野山羊、小澳洲犬和小乌苏里浣熊。

女饲养员把小狼一只一只从藤篮里拿出来，一只一只仔细看过，一只一只给它们取上名字，好各有个叫法。她把每只小狼的特征都记在一个小本子上，而后把它们放进了小动物饲养场。小狼在她的手上都显得很乖——这些大大脑袋、微微张嘴、卷卷尾巴的小家伙，放下后看起来简直像是个绒布小玩具，它们在地上躺了一会儿，然后才慌慌张张地往僻静的角落里跑去。

而小牧羊犬就完全不是这样。女饲养员刚要抓它的后脖颈，它就尖声尖气叫起来，择机灵活地扭转身去猛不防咬了她一口。她一惊，手一颤，小狗就掉落到了地上。她想再去抓住它，但是小狗迅疾一跳，自己溜进了饲养场。女饲养员看着小牧羊犬的背影，擦掉手上的血，在小本子的"名字"栏里写上了"库塞卡"——"一只爱咬人的小狗"。确实，用"库塞卡"来叫它可是再恰当不过了。起先，动物园里的饲养员和值班员还想驯化驯化这只小野狗，可是小库塞卡见人就跑，见人就龇出獠牙，压根儿不让人去碰它一下，这样，大家对它都失去了驯化的信心，就放任它，不管了。

库塞卡喜欢同别的动物玩耍，它一天比一天机灵和淘气。

小狗竟会在飞跑着的时候突然来个急转弯，回身去进攻追赶它的动物，它能从小熊的怀里挣脱，随后转而攻击小熊，弄得小熊晕头转向，只好逃上树去躲起来。它常常会把游戏玩成真的狩猎活动。它动不动就把别的动物当作是追猎对象，这样，值班员就只好出来干涉，不让它继续胡闹下去。

值班员们没有一个喜欢库塞卡。就因为它常常把饲养场变成狩猎场，他们因此不能离场一步。他们得时时盯紧它，不让它去欺负别的动物。也

狮子和小狗

由于它的缘故，两只小野山羊不能继续放在饲养场了，再不转场，小野山羊迟早得被它咬死。

对这只可恶至极的库塞卡的作为，大家一忍再忍，忍了整整三个月。到了秋天，它竟咬死了两只小狐狸，把小熊咬成重伤，大家这才忍无可忍，这才决心采取措施摆脱它，摆脱它带来的无尽麻烦。

库塞卡无恶不作，干尽了坏事。尽管这样，我还是很喜欢它。它算不得是一只漂亮的小狗，但它的活泼和机灵让我打心里喜爱它。它那一身柔毛非常有意思：黑亮亮的，而爪子上和面颊上却散布着一些绛红色的斑点。这些斑点让它的脸部特别富于表情。它的表情忽而凶险忽而愉悦，转换起来惊人地快速。它笑起来，嘴巴咧得长长的。面颊上的绛红色斑点移到耳朵根上，这样一来，眼睛就斜挑上去，迸发出了闪亮的欢乐。它的倔强劲儿也特别讨我喜欢。

当我听说人们将要把库塞卡清除出饲养场，谁要谁就把它抱走，我就决意要了它。我知道，我的家人不会乐意我做这样的决定。他们过去经常听说库塞卡如何如何的叫人心烦，当然也就不希望我把它弄回家。

我去领养库塞卡的时候，它正在饲养场上欢跑呢。我知道我逮不住它的，于是就决意先把库塞卡赶进笼子里去。笼门被打开了，我往里丢了一块肉。库塞卡一下就冲了进去。我跟着也进了笼子，并且随手把笼门关上。库塞卡猛不防看见了生人，这生人还离它这么近，就吓得在笼子里东逃西躲，随后忽然改变行动方式：凶巴巴地支棱起浑身柔毛，整个身子高高躬起，龇出白牙，慢悠悠地躲进了笼子一角。开始那阵，我想哄它过来，试着去逮它，不料它眼睛一下变得恶狠狠的，这样就迫使我马上改变对付它的办法：我拿过一根皮带，试着往它脖子上套，我摔过套子去，一下就套住了它的脖子。我的头一招成功了。万不曾想，我还来不及把皮套收紧，库塞卡就灵活地挣脱了皮套，还向我扑来，它连扑了好几次，每次扑来都像狼一样，把牙齿咬得格格发响，伸过爪子来想要抓我的脸。但我终于套住它了。当它发现自己脖子上多了一个皮套时，它简直暴怒了！它尖叫着，拼命左右甩动，想要把皮套甩掉，还碰到什么咬什么，后来，它突然一下咬起自己的身子，一下又咬自己的爪子，就像它是在咬别的动物。库塞卡一身黑亮亮的毛都被鲜血染红了。接着它在地上打起滚来，同时又一个劲地咬自己，咬啊，咬啊，不停地咬……

我费了老大劲，才抓住它的脖颈，把它摁倒在地，随后迅速拿出第二根皮带，捆住它的头和爪。现在好了，现在它只好躺下了，不能再挣扎了，而它的眼睛依然燃着狂怒的凶焰，我不由得把脸侧转开去。但是，尽管它恨死了我，而这个狼养子我还是认定了！

我和动物园的技术员一道，把库塞卡从笼子里弄出来，搬上汽车，运往我家。当时，我住在动物园新区的一幢小房子里。我就在我家附近一棵大树边给库塞卡搭了间狗窝。我给它套上了一个结实的宽颈圈，把它拴在一条长链上，随后解开了它身上的皮带。

库塞卡被松开后，侧身躺了一阵，后来突然跳起来，跑到一边去了。它跑开的劲儿太猛，链条又把它拽了回来，摔倒了。它又跳起来，尖叫着再跑，几次折腾，它精疲力竭，这才安静下来，钻进了我为它搭建的窝里。这一天——整整一天，它没吃东西。夜里，我听见它又跑跳起来，尖声嗥叫着，那叫声完全像一头狼。清晨，我出门去看它。库塞卡躲到窝的一角去了。

可还不进食。地上有血迹，说明它昨夜企图咬断链条，但没有得逞。

第三章 还原成了狗

库塞卡很长时间没能适应得了我们的生活环境。

它接连几天躺在窝里，我们喂它吃东西，只要我们人在一旁，它就连碰都不去碰一碰。而我们一走开，它才去吃。它也不是马上吃，而是警觉地四处张望一阵，然后才走到食钵边吃起来，吃完又回老地方去躺着。它夜夜都像狼似的嗥叫不止。我总防着它咬人，所以不准我们家大人孩子去向它靠近——尤其是孩子。

我对在这狼养子身上唤醒狗性的过程特别有兴趣。我等待着它狗本性的复归。我等了很久，终于等到了这一天。这种狗性的回归先是这样表现的：我走离时，库塞卡不再像以前那样无动于衷了，它每每看出我要走，就支棱起耳朵，小心翼翼地从窝里伸出脑袋来，爬出来，目不转睛地定定瞅着我脚步的移动。有时候，我故意躲在屋子的拐角，站一会儿，再突然走出来。库塞卡羞涩地卷起尾巴，慢慢向旁边走去。然而它对我的孩子，对我的托利亚和柳妲，完全没有表示出丝毫情意，它对待我的孩子跟对待别的孩子一样显着生分。

然而这只不过我自己的一个感觉，而事实并不是这样的：因为后来我见到的一个场面，证明了库塞卡对我的孩子也是有所信任的。

有一天，一帮孩子从我家门口经过。当中有一个带了个皮球，另一个孩子寻开心，把同学手里的皮球打了出去。皮球飞出去，滚进了库塞卡的窝里。孩子们用一根棒棒去拨拉，想把皮球拨拉出来。可是库塞卡狂躁地从他们手中夺过了棒棒。看来用这个办法不成。他们求我去帮他们拿皮球。我当然能的，我只要拉拉链子，就可以把狗从窝里拽出来的，但是我不想损坏我同库塞卡之间好容易培养起来的一点信任苗头。我劝孩子们明天再来拿球。我转身正要走，忽然看见了我的柳姐，五岁的小柳姐，天真而大胆地向库塞卡走去。我想立即大声阻止她，想去把她拉开，但已经来不及了。我的小柳姐已经弯腰去捡球，她五岁小女孩纤柔的小脖颈就挨在了野性十足的狗嘴边。我的头脑顿时一片空白，呆立在那里，生怕我发出哪怕微细的一点声音，或稍微动一动，就会惹起库塞卡向小柳姐扑去，咬住她的脖子。瞧，柳姐把纤纤小手伸向皮球……瞧，库塞卡微微挪动了一下身子……瞧，柳姐捡起了皮球……拿了出来……走开……我一把拉住她捡皮球的手，亲啊，亲了又亲，亲了又亲，亲个没完。库塞卡没有碰我的孩子，我真想做点让它高兴的事。我转身跑回家里，从汤锅里捞出一块肉，拿来给库塞卡吃。但库塞卡不让我越过它的警戒线，不许我靠它太近，它龇出牙来，警告性地吼叫着，我只得把肉放下，走开。

从这一天起，我不再阻止孩子接近库塞卡，只是要他们别靠得太近。但是我的托利亚和柳姐不听话。他们压根儿就不听我的警告。他们就爱在库塞卡的窝边边儿玩。柳姐爱在狗窝旁堆沙子，搭小房子，做小宝塔，玩得很投入。库塞卡对孩子玩的这些，都很喜欢。它甚至从窝里爬出来，蹲在一旁观赏孩子们玩耍。

现在库塞卡已经认识我们全家人了。它容许我们一天比一天跟它靠得

狮子和小狗

更近。有时候，它甚至想走过来，只是链子拽住了它。只要我们稍微拉动一下链子，它就害怕。我决意放开它。大家劝我别放，说库塞卡会跑掉的。可我对它有信心，相信它不会跑。我拿来一把锋利的刀子，将它绑在一根棍子上，然后伸过去小心翼翼地割断颈圈。颈圈连着链条沉沉地落在了地上。

库塞卡自由了。

现在它想往哪里去都可以了，没有任何东西拽住它了。然而库塞卡不跑远。当天没有跑，第二天也没有跑。显然是有某种东西在拽住它，这"某种东西"比铁链还要牢靠得多。

每天早晨，我出去上班，它总来送我到大门口。晚上，我下班回家，它总跑来接我。它再也不在窝里睡觉了。它在台阶底下刨了个凹坑，夜间就在自己挖的凹坑里过夜。它不再频频嗥叫。再过了些日子，我就听到它汪汪的吠叫声。

这事发生在一个夜晚。每天一到夜间，库塞卡就喜欢在动物园僻静的地方跑来跑去。这样，有一个夜晚，它就撞上了我们动物园的一个夜巡员。它那模样，上卷的尾巴，尖尖的嘴脸，支棱的耳朵，看起来无一让人想起狼。它一见人，也就像狼一样蹑足躲进暗处去，夜巡员以为它是从笼子里逃出来的什么野兽，就立即追了过去。

库塞卡怯生生地躲着夜巡员。夜巡员一直跟踪，直跟踪到我家门前。夜巡员见有灯光，就走近窗口，这时候……这时候，库塞卡的动作就完全不像狼那样躲闪，而是向夜巡员扑去。也就在这时，我们听到了它第一次发出狗吠的汪汪声——只是吠声不那么流畅，吠声中还间杂着格格的咬牙声。骤一听，我还不敢完全相信自己的耳朵。直到在狗吠声后听得夜巡员的呼救声，我这才猛一下跳起来，赶紧跑了出去。

啊呀，倒霉的夜巡员哪！他力不从心地抵挡着库塞卡的扑咬。而狗像旋风似的在他身边跳来跳去，拼命想抓他的腿脚。

我原以为我很难把库塞卡赶开。但接着发生的事实却完全不是这样。我才一喊"库塞卡"，它马上就停止了扑咬，听话地从夜巡员身边走开，任他平安地走掉。

库塞卡明显对我们的生活发生了兴趣。只要我们不关门，它就会走过来，蹲在门槛上，专注地瞅着我们干活的一举一动。晚上，我们关门后，它就会把前爪搭在窗台上，窥望顶灯照耀下的房间。

但是，过了很久，库塞卡才让我伸手去抚摸它。事情发生在我几天不在家之后。有几天，我故意没回家，想看看库塞卡是不是心中念着我。托利亚把它的表现详细告诉了我。他说，库塞卡每到我该回家的时候，就跑到大门口去迎接我，往大路上久久地瞭望，在一个个的行人中间寻找我。没找到我，它就会显出一副很扫兴的样子，连吃食也提不起精神来。一天中午时分，我回来了，库塞卡没有料到我会在这时候出现在它面前。它正躺在家门口，一看见我，就一下站起来，快快迎了过来。我伸出手，库塞卡这次没有像以前那样跳开，而是把鼻端贴在我的手心上，一直那样贴着，同时不习惯地摇动着尾巴。我趁机把手搁在它头上，抚摸它。起初，我抚摸得轻轻的，后来就放手抚摸起来。抚摸它滑溜溜的脑袋，是我心中盼望已久的事。库塞卡站着，一动不动。在我轻柔地抚摸下，它一时发了呆。后来，它突然脱开我的手，完全像狗一般对我撒起了欢，亲热起来。它跳到我的胸前，一边摇晃尾巴，一边舔我的手和脸。库塞卡就这样从一个对人充满

狮子和小狗

敌意的野兽还原成了一只狗,还原成了一个人类的忠实朋友。

要想象库塞卡对我是如何的驯从,应该说很难。我不能说它特别勇敢。在它身上还残留着不少兽类的野性,它不免常会表现出某种疑惧心理。但当它感觉到我和我的孩子面临危险时,它会飞跑过来,不顾一切地卫护我们的安全。

有一次,我到仓库去。仓库在动物园的新区,离我家很近,近是近,但库塞卡却从来没有去过那里。在那里担任看守仓库任务的有五条块头庞硕的大狗。那些狗早就同库塞卡作了对,是库塞卡不共戴天的仇敌。它把我送到仓库门口,站在那里等我。我正要跨进门去,那五条大狗就向我猛扑过来。库塞卡看我身陷险境,便立即冲过来,同大狗们展开力量悬殊的搏战。五只大狗眨眼间就把它给压到身下。只听得一片乌鲁乌鲁的打斗声,场面顿时乱作一团。仓库管理员闻声赶来,我和他两人好不容易把其中的一只狗拉开,而另外那几只狗我们就奈何不了了。每一次我们把它们拉开,它们就立刻挣脱了,重又扑向库塞卡。喔,它们会把它咬死的。但是它俨然一头名副其实的野兽,同它们殊死拼搏。

攻势汹汹的大狗们从四面八方围住它,撕它咬它,可它就是不退却。

一只年轻的狗才一撤出战斗,另外两只狗随后也败下阵去,五只大狗中此刻只剩下一只叫巴尔苏克的狗,它特别凶恶,也最富打斗经验。库塞卡在它面前显得个头既小又缺乏经验。然而,不管自己在敌手面前多么弱势,它绝不退让。它不但不想逃走,而且不住地向巴尔苏克发起进攻,拼命抓它的脸。巴尔苏克狂怒了。它恨不能把库塞卡一口咬死,但是它的鼻子几处被库塞卡咬伤,鲜血直流。它几次抓住库塞卡的喉咙,把库塞卡推倒在地,但是由于它的鼻子流血，喘不过气来，又不得不把库塞卡放开。库塞卡被掐得半死，气尽力竭，站立不稳，倒了下去，但它很快又爬起来，扑上前去抓巴尔苏克的脸。

从来没有在打斗中吃过苦头的巴尔苏克，这次不能不退却了。它被宁死不屈的库塞卡给咬得心惊胆寒。它简直闹不明白这敌手是只什么样的狗。而库塞卡呢，库塞卡怎么样？它吃力地走到我面前，立刻就躺倒在地。它被咬得体无完肤，血糊糊地躺在我脚边。我想抱起库塞卡来，却又不好抱。我轻轻帮助它站起来，柔柔扶着它艰难地走回家。

库塞卡躺了很久。但是这个事件丝毫没有影响它又一次毅然决然地挺身保护托利亚。

库塞卡满一岁了，我带它到养犬俱乐部去登记。那时所有的牧羊犬都得去登记。虽然库塞卡是狼养大的，但它说到底是一只牧羊犬，所以也只好去登记。

库塞卡被经过一番仔细检查后，发现还残留着许多野兽的特点，所以被认为是一条不宜参加训练的狗。所有这些都被写在了一张卡片上。他们给我一份证书，证书上说，库塞卡只能生生小狗，不适宜参加训练。然而倒霉的是，我把这份证书给弄丢了。后来，当训狗场派了两人来要库塞卡时，我对他们说，库塞卡不能去，它连拴着走路都不会。可是，他们就是不信。

"没有我们训练不成的狗！"他们说得不容我辩解。

我在库塞卡的颈圈上扣上一根结结实实的宽皮带时，它倒是平平静静站着的。但生人刚拿皮带，它立刻就不安起来。他们要拉库塞卡走，它马上大发雷霆，显示出它野蛮的性格。它先是向牵它的人扑去。这俩人对付

狮子和小狗

狗都非常有经验，他们三下两下就将它制服了。后来库塞卡想挣脱、逃走，它忽而向左突，忽而朝右冲，忽而又躺倒在地，死活不让来人带走。那俩人费了好大劲，才把它拖到大门外。但库塞卡又是挣扎又是尖叫，引得人们都围过来看。人们都可怜库塞卡。当那俩人又拖它走的时候，它猛一挣，就从颈圈里钻了出去，疾风也似地往家里跑。

来带狗的这俩人会怎么骂它，是无需说的了！现在，要在这么开阔的场面抓库塞卡，简直是比登天还难了。他们仍不死心，当天晚上又来带库塞卡了。这一次，他们带来了一只专门擒拿库塞卡的狗。库塞卡正躺在窝里，他们中的一人迅速把狗窝的门顶死，另一人戴了一副厚厚的手套，稍稍揭开狗窝的盖子，壮起胆子伸进他戴厚手套的手去。从上方投下的一束强光，一下提醒库塞卡。那人刚弯下腰来向稍稍揭开的狗窝盖趴去，库塞卡立刻不失时机地往外冲，一下把盖子冲得老高，把那人的脸碰出了血。他还没闹明白是怎么回事的时候，库塞卡早就躲到一个拐角去，难觅它的踪影了。

他们带上狗立即向库塞卡追去。但是不多一会儿狗就回来了，只见它已经被库塞卡咬得浑身是血。

那俩人气不打一处来，扬言要抓到库塞卡来出出他们胸中的恶气。他们从来没有遇到过这样的狗。他们决定用巧计诱擒它。他们把自己的狗拴在旁边，然后在库塞卡的窝门口固定一个圈套，而自己则躲在我家房子的拐角处。他们等了很久，半夜过去了，他们一直在那里坐等库塞卡来钻他们的圈套。我几次从家里出来找库塞卡，却没有找到。我发急了，心里直发毛，担心库塞卡丢了。找到早晨，那俩人最终也没有等到库塞卡。他们冻得够呛，只好灰溜溜地走了。这时候，库塞卡爽爽地伸了个懒腰，从屋子旁边的一个拐角钻了出来。原来，它就在那两个人的身背后睡了一夜。

过了些日子，库塞卡还是被抓住了。它被拴在铁链上，逃不脱了。他们把库塞卡结结实实地捆绑起来，装上汽车运走了。

库塞卡走后，我们天天想念它，托利亚和柳妲更想念。后来，我去打听库塞卡的信息，有人告诉我说，库塞卡没有到达目的地，半路上，它咬断捆绑它的绳子，从车上跳下，跑掉了。他们对库塞卡的丢失都感到十分惋惜，还说，要是再找到它，就再也不捕捉它了。

于是我开始寻找库塞卡。我到它失踪的车站附近去找，我向当地老乡打听。但是谁也没有见到过这么一只黑颜色的牧羊犬。没有一人能向我提供关于它的信息。

我们认定，库塞卡这回是真的丢了。可是，突然，它自己回来了。它很瘦也很脏，脖子上还挂着一截皮带呢。库塞卡是从什么地方跑回来的？它走了多少路？怎么找到自己的家的？谁也不知道。但，再也没有人来找它了。库塞卡在动物园里住下了。夜里，动物园新区就由它守护着，白天，它安安静静地躺在了自己的窝里睡觉。

被狼养大的库塞卡，就这样在我们动物园的生活里找到了自己的位置。

狼崽阿尔果

〔俄罗斯〕韦·恰蒲丽娜

第一章 小狼

我进笼子的时候,小狼躲到一个角落里蜷缩着,胆怯地乜斜着眼睛,看着我的一举一动。它毛色棕红,脑门溜圆,那样子很逗我喜欢。更让我喜欢的是,我一向它走近,它就一边咯咯地磨牙,一边跳得离我远远的。

这样的狼崽,我感到十分可爱。这样的狼崽很不容易驯化,而一旦习惯了动物园的生活,弄熟了,它们就会牢牢记住自己的主人。

我把小狼叫作阿尔果。我每天都去看阿尔果——我每天都得给它带些骨头啊,肉块啊,可是小狼依旧野性十足,总是不肯吃我送去的东西。十天过去了,它才头一次从我手里来拿肉块吃。它畏畏缩缩地斜眼瞅了我一下以后,就贪馋地吃起来,吃完又跑回它原来蹲坐的角落。

等到它让我伸手抚摸时,我已付出了许多劳动和耐心。即使它已长得像石头般结实,它也依旧保持野狼的习性,把自己的头藏在两只前腿之间,一旦躺下,就纹丝不动,眼珠像冻结住了似的,牢牢盯着一点看。

我把我的亲柔都在它身上施尽了，可它总是不还我以亲柔。但是我始终没有忘记它头一次对我亲近的样子。

　　这事的发生，对我说来觉得很有些突然。我一连两个星期没有到动物园里去。我从外地一回来，就去看我饲养的动物。我心想着，它与我分离两个星期，一定是变得更野了，更生分了，一定是把我忘得一干二净了，一定是更不会让我去碰它一下了。不料恰恰相反。我才一打开笼子门，走进去，小狼竟一下迎我猛扑过来。

　　它摇晃着尾巴，吠叫着飞快跑过来，弄得我都不敢相信自己的眼睛了。

　　我深深了解阿尔果。但是这一次我却想，是我误解它了，在另外一只笼子里还蹲着一只小狼，它的名字叫洛波。洛波是完全被驯化的一只小狼，我疑心我弄错了，向我扑过来的应该是洛波。我再仔细验证了一下笼子，没错的。洛波依旧蹲在另外一个笼子里，迎我奔过来的是阿尔果，是野性十足的阿尔果，是它，肚腹贴地向我爬过来，像已经彻头彻尾被驯化了的畜生那样，对我释放着亲昵。

　　从这一天起，我就加快了对阿尔果驯化的步骤。

　　我解掉它脖子上的皮带。当然，驯化不能毕其功于一役。起先它总是胆怯，总是疑疑惑惑，总是缩着腿在一旁慢慢跑动，总是突然一悸动就向后跳去。不过这只是开始一段时间。阿尔果很快就显示出它是一个能干的学生——很快，我带它出去走动，就不亚于任何一条狗了。

　　夏天，我们把阿尔果转移到洛波的笼子里去。两只脾性很不同的小狼倒是相处得非常融洽。要是把它们当中的一只带出去，另一只就会感到孤单，就会跑过来要求相随而去。所以一般它们都是一起出去。

狮子和小狗

卢敏采娃牵着洛波，我牵着阿尔果，我们四个沿公园小径散步。有时，公园里没游人，我们就把小狼放开，让它们自由自在地跑。它们互相追逐着、打闹着，那叫声完全像是小狗。小狼一直在我们身边，不会离远。如果让它们更独立的话，那么阿尔果就会跑得离我远些，但我做出我要走开的样子，它就又慌忙回到我身边。

第二章 阿尔果长大了

外出走动使阿尔果长得很快。夏季三个月下来，它长得就有大狗那么长了，冬季三个月下来，它就长成了一条狼汉子了。现在，它是一条强有力并且凶悍的狼了。但也只是对外人，对我，它还依旧是那条当年的小狼阿尔果。我在它身上耗去了多少心血和精力啊。我揪它茸茸的狼毛，抓着它的脚爪、尾巴拎起来，尽管它不乐意，却从没有一次对我噻叫过。

有一次，阿尔果患湿症。这种毛病不会致命，但是很疼，很难受。狗得了这种病，身上就会长红斑，发痒，擦出血来，形成伤口。这一切阿尔果都发生了。绒绒密密的狼毛一个月里就都掉落了，整个躯体都发炎，布满了红斑和创伤。通身搽上药膏。这自然是我为它操心。这种药膏有很强的刺激性，我给它涂抹的时候，它疼得直在地上打滚，难受的时候咬自己的腿，用牙齿咬住我的手臂。

还有一次，是在冬天。一只狗扑过来咬他。狗很大，比阿尔果大得多，它大概是把阿尔果当成了牧羊犬。大狗走过来，突然看见了阿尔果，立刻就向后退了退，但是已经晚了，阿尔果几下腾跃，飞跑过去追上了它。狗逃得不稳，老绊脚，一会儿摔得嘴啃雪，一会儿滚落进了低谷。可是阿尔果却稳健自如，甩开四腿，紧紧追逐。我大声喊它回来。它追得入了迷，沉醉与自己的追击中，我的喊声它什么也没听见。越来越近了，越来越近了……快追上了……追上了。狗的脖子和肩部多处被阿尔果咬出了血，狗猖猖尖叫着逃跑了，而阿尔果，它才不过是半大的一条狼啊，回到我身边时，却连一处被抓的痕迹都没有发现。

第三章 阿尔果记仇

阿尔果虽然野，但从不主动攻击别个，只要人家不来碰它，它不会咬人家。一般它都是自己一个走，自己一个吃，谁来谁去，它全当作没看见。

有一天，竟发生了这样的事。我把阿尔果关进圈，就自己出去办事了。过了半小时回来，我看见，圈门半开着，狼没有了。我立刻害怕起来。要是它肇个什么事，闯个什么祸，把人咬伤了，可如何是好……这一天是假日，到处都是游人。我边跑边四处看有没有逃跑者的身影。我在鹰鹫笼里找到了它。阿尔果在游人中间走着，东张张西望望，那悠闲的样子，游人中竟没一人注意到它。

还好，阿尔果没有遇上通风管理员尼古拉·米哈伊洛维奇。阿尔果不喜欢他。甚至还恨他。

起因其实不值一提。那是阿尔果生病的时候，尼古拉·米哈伊洛维奇

狮子和小狗

把它转移到另一个笼子里去，为了狼不咬到人，就拿来一条绳子把它的嘴紧紧捆起来。就为这次强力捆绑，阿尔果把他恨毒了。狼的记性都惊人的好。半年之后，阿尔果碰到尼古拉·米哈伊洛维奇，马上拿定主意要算清半年前的旧账，就一点都不用奇怪了。半年后的这个故事是这样的——

一头西藏牦牛从圈里挣出去了。尼古拉·米哈伊洛维奇和其他动物园几个工作人员去追它。他们经过阿尔果所在的地方。阿尔果这一段时间都被链子拴着。几个它不恨的人从它身边跑过，它全放过了。它趴在售货亭边守候着他，就像猫等着老鼠出洞。尼古拉·米哈伊洛维奇当然完全不记得他在这里捆绑过阿尔果，就毫不留神地从阿尔果身边经过。

它灰色的躯体一点一点往尼古拉·米哈伊洛维奇的方向挪去，它每次只挪动几寸，尼古拉·米哈伊洛维奇根本没有注意到这灰色躯体的寸寸挪移。

阿尔果十分知道拴它的链子有多长。因为每天它都在链条长度范围内逮麻雀，每次它都一逮一个准。所以，它知道多长的距离之内能抓到仇人。链子的长度它心里太有数了。它现在要扑击尼古拉·米哈伊洛维奇，也准错不了。

尼古拉·米哈伊洛维奇刚一进入阿尔果的攻击圈，它就高高跳起，瞬间出现在仇人跟前。

一个偶然的原因救了尼古拉·米哈伊洛维奇。阿尔果高高跳起来抓敌人时，链条反而把狼身朝后扯了回去。它立刻再次跳起，扑向仇敌，可尼古拉·米哈伊洛维奇已经闪向一旁，理好刚才被狼爪扒扒了一下的衣领。

第四章 在新地方

发生了袭击尼古拉·米哈伊洛维奇的事件以后，阿尔果就和洛波、母狼季咖尔卡一起，被搬迁到兽岛去了。

兽岛不像动物园笼子，这里要宽敞得多，也明亮得多。这里有一个开阔的、洒满阳光的广场，有草，有树，有水洼子——总之，这里有它们自由活动的场所。

强壮有力的阿尔果不再郁郁寡欢，它很快就和其他两只狼一起冲上了高坡的坡顶。

除了阿尔果，没有第二只狼敢走近我，从我这里获取第一块肉。这小小的狼群里，它成了无可争议的领袖——这块小小的地盘上，它主宰着一切，全部的统治法则都在它心中。

在这个新地方，这头从小和我在一起的狼会怎么对我，我很想观察。

它们都是野性十足的，它们谁也不认识，所以空着双手进这个场地是非常危险的。可我不同，就凭我同阿尔果的亲密关系，这个场地我可以自由进出。它不允许其他两只狼靠近我，要是它们走得离我太近，它会猛扑过去咬它们。

狮子和小狗

第五章 阿尔果成了电影演员

动物园里所有的狼中，阿尔果最漂亮也最强壮。当电影摄制需要一条狼的时候，就非它莫属了。

头一次试镜地点定在动物园水塘边。需要拍摄一个猎狼的镜头。挂着小旗的绳子把水塘围了一圈。所有猎狼的猎人都是这样做的，所以这是一个围猎狼群的典型场面。狼怕飘动的彩色小旗，怕碰到它们，所以不敢试着去逾越，不敢跳过小旗逃跑。猎人就朝围进了圈里的狼射击。

一切的拍摄准备工作都就绪以后，摄影师坐到了高处，我跟在阿尔果后面走入拍摄场地。它听到狗链子的叮当声离它还远。但它知道链子叮当一响起，就意味着我要带它外出游玩了，所以它竖起耳朵，呜啊呜啊叫起来。我给阿尔果拴上了链子，它晃动尾巴，高高兴兴地跟在我身后出场。

到了水池边。我从它脖子上摘下链子，而我自己向一边走开。阿尔果快乐地摇着尾巴，从我身边跑开了，跑着跑着，就前腿贴地，跟我玩起游戏来。突然响起摄影机开动的辘辘声。阿尔果没有听见过这样的声音，就吸引了狼的注意。

它警觉起来，向前蹦跳着，耳朵做出受惊后的动作——忽而左耳向后贴，忽而右耳向后贴，同时不安地膨大鼻孔嗅空气的气味。拍摄场面异常美丽：白皑皑的积雪之上，陡然矗起一头大狼魁伟的灰色身躯。拍摄紧张而审慎地进行着，准备把大灰狼跃起和撕咬的动作一一摄入镜头。电影情节所需要的正是这些。

电影远镜头要求的是，狼走到小旗前就一下踯躅不前，不敢跳越这些飘动的小旗。然而阿尔果却固执地向前走，向挂着小旗的绳子走去。不管我怎么往后赶它，让它不要跟着我钻出绳圈外，阿尔果还是紧紧跟随着我。我只得用点小聪明了：我越过挂着小旗的绳线，直向水池走去，并唤阿尔果跟我来。

意外忽然发生了。阿尔果撒腿跑向我，跑出了拍摄所必要的范围。狩猎规则被破坏了。摄影师沉下难看的脸。刚才的努力都前功尽弃了！这时我又挨着小旗走，一边走一边拍巴掌召唤阿尔果。阿尔果一会儿跑跑，一会儿跳跳。

拍摄目的完全达到了。摄影师欣喜若狂地说：四脚演员透彻地理解了两脚演员的意图。

这之后，阿尔果又接着拍过好些电影镜头。它很快适应了电影摄影机辘辘的响声，不再注意摄影镜头，而是听从导演的安排，很好地完成了拍摄任务。但是对于跟着它转动着镜头的摄影师，它认为是它最凶恶的敌人。它时时刻刻都把仇恨的目光投向摄影师的裤裆。摄影师不得不从四脚演员尖尖、长长的獠牙面前逃开，爬上大树去逃命。

给演员阿尔果做"翻译"常常得是我。导演告诉我，说对阿尔在片中的"演出"有什么要求，我就立刻动脑筋设计使阿尔果能体现导演意图。这对别人也许很难，但我理解阿尔果的脾性，我能做到。不过有一次还是出了故事：有一天拍摄一个电影镜头时，差点儿把事情弄炸了。

需要拍一个一名妇女跟一头狼搏斗的镜头。这应该不太困难，因为阿尔果经常跟我闹着玩，玩的时候，玩着玩着就会向我扑过来，做出要撕咬

狮子和小狗

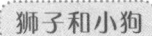

我的样子。我只需要跟它玩个打闹镜头就可以了。

拍摄开始。导演以前没有跟野生动物打交道的经验，他说狼得等一阵，就去忙别的事了。阿尔果就按导演的安排等在一旁。等到三点钟，如在惯常，阿尔果在这时刻都会得到它的一份肉。而今天却没有。它的肚子饿了。肚子饥空让它越来越不能忍受，它于是一会儿躺倒，一会儿爬起。看到阿尔果的烦躁不安，我要求立即拿肉来给狼吃。

拍摄工作一切准备就绪。我按电影角色的要求穿上了羊皮大衣。我当即提出异议，说这羊皮大衣散发出的羊膻气，会逗起空腹狼的强烈吞食欲望。然而我的异议一时很难得到满足，既不能给狼以肉，也不能不穿羊皮大衣，而且时间也不允许了——因为拍摄工作的一切已准备就绪。我违心地走近被摄影机镜头对准的狼。阿尔果以迅雷不及掩耳之势扑向我,把狼牙抠进羊皮大衣,拼命撕扯。它的眼睛里燃烧着可怕的凶残,同时浑身狼毛根根直竖!我连连呼叫"阿尔果",呼叫它的名字,声音尽量的镇定和平静,它听惯了我亲昵的呼唤,我熟悉的呼叫声唤醒了狼的理智。阿尔果虽不情愿却还是慢慢松开了它的獠牙,好一阵,它凝视着我的脸。随后,它认出这真是我,它这才带着歉意,把耳朵贴向后面,抖动了一下身躯,刚才竖起的狼毛才平伏下去,消退了一两分钟前在我眼前显示的凶残,恢复成了一只由我带大的野狼。

阿尔果拍摄过各种各样的片子:《小旗围猎》啦,《司各提年先生》啦,《生命之战》啦,等等。

如今的阿尔果已经老了,牙齿磨短了,门牙也掉了。替换它的新狼也早已进了动物园,但是演电影演得如阿尔果这样精彩的,就再没有过。

图书在版编目（CIP）数据

狮子和小狗 /（俄罗斯）列夫·托尔斯泰等著；韦苇译. -- 北京：北京时代华文书局，2018.8
（写给孩子的动物文学）
ISBN 978-7-5699-2464-0

Ⅰ.①狮… Ⅱ.①列…②韦… Ⅲ.①儿童小说-短篇小说-小说集-世界 Ⅳ.①I18

中国版本图书馆CIP数据核字（2018）第122174号

写给孩子的动物文学
Xiegei Haizi de Dongwu Wenxue

狮 子 和 小 狗
Shizi he Xiaogou

著　　者 |〔俄〕列夫·托尔斯泰 等
译　　者 | 韦　苇

出 版 人 | 王训海
选题策划 | 许日春
责任编辑 | 许日春　沙嘉蕊
插　　图 | 赵　鑫
装帧设计 | 九　野　孙丽莉
责任印制 | 刘　银

出版发行 | 北京时代华文书局 http://www.bjsdsj.com.cn
　　　　　北京市东城区安定门外大街138号皇城国际大厦A座8楼
　　　　　邮编：100011　电话：010-64267955　64267677
印　　刷 | 北京凯德印刷有限责任公司　010-87743828
　　　　　（如发现印装质量问题，请与印刷厂联系调换）
开　　本 | 710mm×1000mm　1/16　印　张 | 7.5　字　数 | 90千字
版　　次 | 2018年10月第1版　印　次 | 2018年10月第1次印刷
书　　号 | ISBN 978-7-5699-2464-0
定　　价 | 28.50元

版权所有，侵权必究

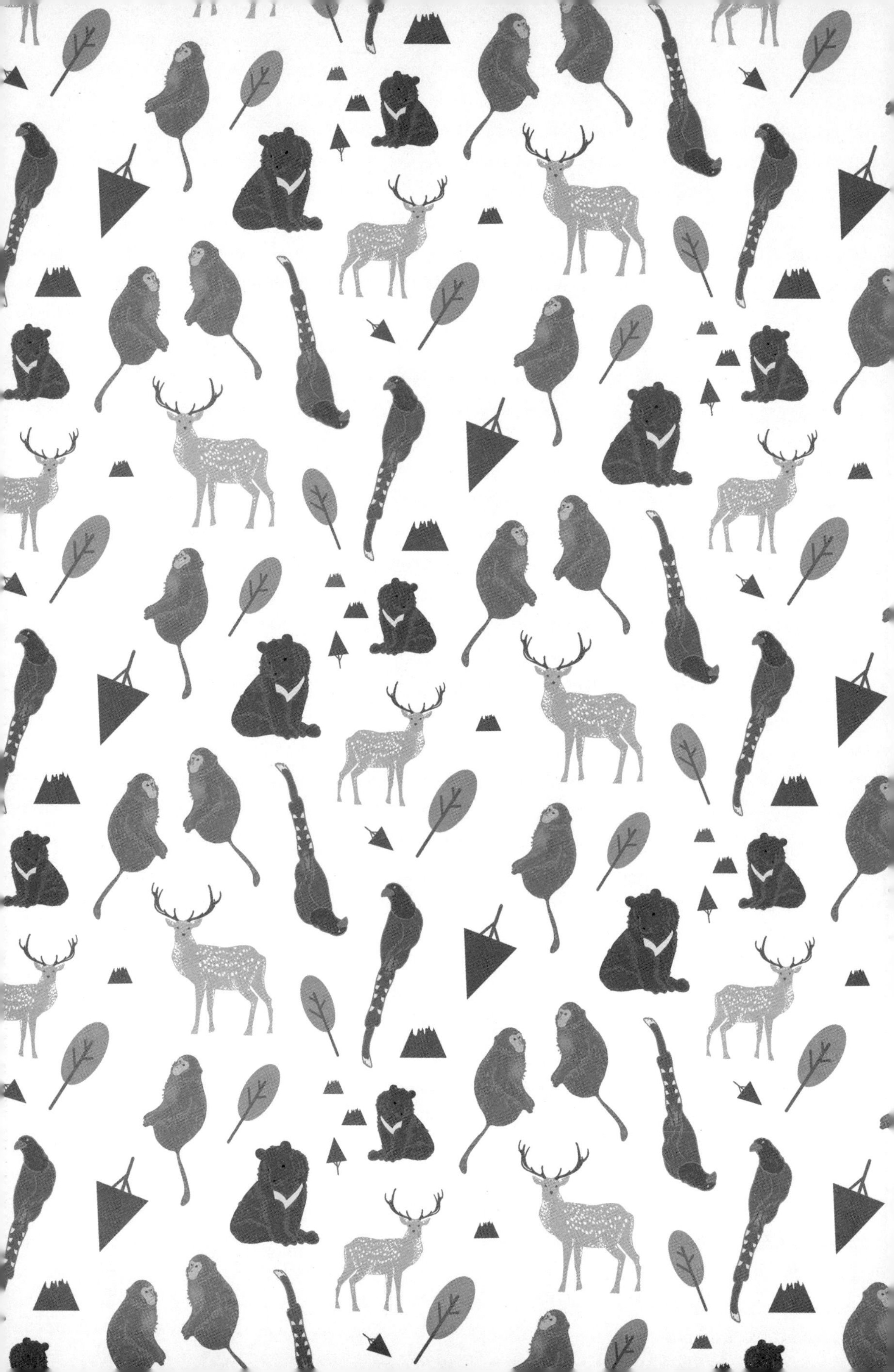